WITHDRAWN
PRINT

Susanna Carr

Secreto vergonzoso

◆H HARLEQUIN™

Editado por HARLEQUIN IBÉRICA, S.A.
Núñez de Balboa, 56
28001 Madrid

I.S.B.N.: 978-84-687-2728-8
Depósito legal: M-2873-2013
Editor responsable: Luis Pugni
Fotomecánica: M.T. Color & Diseño, S.L. Las Rozas (Madrid)
Impresión en Black print CPI (Barcelona)
Fecha impresion para Argentina: 4.11.13
Distribuidor exclusivo para España: LOGISTA
Distribuidor para México: CODIPLYRSA
Distribuidores para Argentina: interior, BERTRAN, S.A.C. Vélez
Sársfield, 1950. Cap. Fed./ Buenos Aires y Gran Buenos Aires,
VACCARO SÁNCHEZ y Cía, S.A.

Capítulo 1

ISABELLA Williams oyó el rugido de lo que sin duda debía de ser un carísimo deportivo. Levantó la cabeza, igual que un animal que acaba de oler al cazador. El movimiento rápido la hizo tambalearse. Dio un paso atrás y agarró con fuerza la bandeja. Intentó recuperar el equilibrio.

El ruido del coche se desvaneció en un abrir y cerrar de ojos. Isabella soltó el aliento. Relajó los músculos. Se secó el sudor con la mano. ¿Por qué dejaba correr la imaginación? La mente le estaba jugando malas pasadas.

Un flamante descapotable pasó por su lado y no pudo evitar pensar... en él.

Era absurdo que Antonio Rossi pudiera estar en esa zona de Roma, o que estuviera buscándola. Puso los ojos en blanco. Solo habían compartido cama unos días durante la primavera. Habían sido unos días maravillosos, pero un tipo como él ya debía de haberlo olvidado. Antonio Rossi era un sueño para cualquier mujer y seguramente le habría encontrado sustituta al día siguiente.

Isabella sintió una punzada de dolor en su interior. Parpadeó rápidamente y ahuyentó las lágrimas. Los ojos le escocían. Miró el reloj y calculó cuántas horas le quedaban para terminar el turno. Demasiadas... Todo lo que quería era meterse en la cama, esconderse debajo de las mantas y aislarse del mundo, pero no podía permitirse ni un solo día libre. Necesitaba hasta el último euro que ganaba para sobrevivir.

–Isabella, tienes clientes esperando –le dijo su jefe en un tono gruñón.

Ella se limitó a asentir con la cabeza. Estaba demasiado cansada como para responderle con el típico comentario sarcástico. Se dirigió hacia una de las mesitas de la terraza de aquel pequeño café. Tenía que aguantar, tal y como hacía todos los días. Era sencillo. Solo tenía que poner un pie delante del otro, paso a paso.

Cuando llegó a la mesa de la pareja se sentía como si acabara de atravesar un lodazal. El hombre le dio un beso a la mujer, casi con adoración. Isabella sintió el golpe de la envidia. Se mordió el labio. Hacía tanto tiempo que nadie la besaba de esa manera que ya casi ni recordaba lo que era sentirse deseada, idolatrada.

Una ola de recuerdos amargos la inundó por dentro. Ya no podría volver a tener esa clase de amor. Ya no volvería a ser el centro de atención para Antonio, y él ya no sería todo su mundo. Echaba de menos sus besos posesivos, la sed que los había unido tanto. Sin embargo, por mucho que le echara de menos, él jamás la aceptaría de nuevo, y mucho menos cuando descubriera la verdad.

Le empezaron a temblar las rodillas. El peso del arrepentimiento era grande. Apretó los dientes e hizo acopio del poco autocontrol que le quedaba. Aquellos días desenfrenados y románticos habían llegado a su fin. Era mucho mejor no pensar más en ello.

–¿Ya saben qué van a pedir? –les preguntó en un italiano un tanto atropellado.

Su dominio del idioma no era gran cosa, aunque hubiera tomado clases en la universidad, y el esfuerzo que tenía que hacer para comunicarse hacía más arduos sus días.

En otra época solía soñar con llegar a hablar italiano con fluidez. Soñaba con transformarse en una mujer sofisticada y glamurosa, con conquistar la ciudad de Roma. Quería vivir aventuras, experimentar el amor, la belleza. Durante un efímero momento, lo había tenido todo en sus manos, pero se le había escurrido entre los dedos.

El presente era ese humilde café en el que trabajaba por unos cuantos euros. La gente la ignoraba o la miraba como si fuera basura. Esa había sido la transformación. En casa la hubieran tratado igual, pero por lo menos hubiera sabido lo que decían a sus espaldas. Vivía en una pequeña habitación, justo encima de la cafetería. No tenía agua corriente ni cerrojo en la puerta. Lo único que tenía era un peso enorme sobre los hombros y una necesidad imperiosa de sobrevivir.

Mientras tomaba el pedido se dio cuenta de que podía llegar a quedar atrapada en ese lugar, para siempre. Tenía que trabajar más rápido, más duro. Tenía que ser más lista si quería volver a los Estados Unidos en los meses siguientes. En ese momento, más que nunca, tenía que rodearse de cosas que le resultaran familiares. Tenía que encontrar un sitio donde vivir, mantener la cabeza baja, trabajar duro y terminar su carrera. Después de tanto tiempo, de tanta expectación, lo único que ansiaba en ese momento era encontrar un refugio donde pudiera sentirse segura.

Pero no podía mantenerse así por mucho tiempo, trabajando hasta tarde, llegando a fin de mes a duras penas. Y las cosas no harían más que empeorar. Con solo pensarlo, sentía ganas de echarse a llorar.

Isabella se inclinó contra la pared de la cocina. Algún día saldría de ese infierno. Cerró los ojos e ignoró los gritos de su jefe durante un segundo. Muy pronto tendría suficiente dinero para regresar a los Estados Unidos. Empezaría de cero y haría las cosas bien, para variar. Esa vez aprendería de sus errores.

Antonio Rossi examinó el diminuto café a pie de calle. Después de haber pasado todo un fin de semana buscando, por fin se iba a enfrentar a la mujer que había estado a punto de destruirles a él y a su familia. Fue hacia una mesa vacía y se sentó; sus modales refinados escondían la furia que corría por sus venas. Esa vez no se dejaría encandilar por unos ojos azules y enormes, no se dejaría llevar por esa belleza inocente.

Se echó hacia atrás, estiró las piernas como pudo por debajo de la mesa. Se puso las gafas de sol y examinó el mobiliario del establecimiento, oxidado, con la pintura descascarada. Se la había imaginado en muchos sitios, pero jamás hubiera esperado encontrársela en esa cafetería destartalada y sucia al otro lado de Roma.

¿Por qué estaba viviendo en esas condiciones? No tenía sentido. Él le había abierto todo su mundo. Habían vivido juntos en el apartamento del ático, habían compartido cama. Ella tenía a un pequeño ejército de empleados a su disposición.

Pero lo había tirado todo por la borda al acostarse con su hermano. El recuerdo todavía le carcomía por dentro. Se lo había dado todo, pero nunca había sido suficiente. Por mucho que le diera, por mucho que se esforzara, no podía estar a la altura de su hermano. Siempre había sido así.

Casi se había vuelto loco al oír la confesión de Giovanni seis meses antes, durante una borrachera, y los había sacado de su vida a los dos. Había sido un corte limpio, brutal, pero ellos se lo habían ganado.

Isabella apareció ante sus ojos de repente. Una tensión inefable se apoderó de Antonio. Se preparó para sentir el filo de la rabia mientras la veía balancear una bandeja en el aire. Se había concienciado lo mejor que había podido, pero verla pasar por su lado era como si alguien le diera un puñetazo en mitad del estómago.

Llevaba una camiseta negra y una falda vaquera ceñida con unos zapatos negros de tacón plano, pero aún era capaz de llamar poderosamente su atención. Se fijó en sus piernas. Recordó cómo había sido sentirlas alrededor de las caderas mientras entraba en su cuerpo cálido y húmedo.

Antonio soltó el aliento lentamente y se sacó la imagen de la cabeza. No podía dejarse distraer por ese tirón sexual, ni tampoco por esa cara inocente. Ya había cometido el error de bajar la guardia con ella. Había confiado en Isabella y se había acercado mucho a ella, pero eso no volvería a pasar.

La observó mientras atendía a la pareja. Estaba distinta. La última vez que la había visto estaba dormida en la cama, sonrosada y desnuda. Su larga melena, rubia y brillante, estaba extendida alrededor de su rostro sobre la almohada, como un aura. Pero en ese momento parecía otra persona. Estaba pálida, como si estuviera enferma. Aquellas curvas que le hacían olvidar todo lo demás parecían haber desaparecido. Se le veían mucho los huesos. Parecía frágil, agotada. Tenía un aspecto horrible. Una sonrisa cruel bailó en la comisura de sus labios. Solo podía esperar que hubiera conocido bien el infierno, pues estaba dispuesto a llevarla allí de nuevo.

En otra época había llegado a creer que era inocente y dulce, pero todo había sido una mentira. Las sonrisas tímidas y el rubor repentino le habían desarmado por completo, y había llegado a creerse que solo tenía ojos para él. Pero ese afecto tan efusivo no era más que una cortina de humo.

Al final había resultado ser toda una maestra en el arte de la manipulación y había jugado sus cartas mucho mejor que cualquier otra de las mujeres que habían pasado por su vida; mujeres que estaban dispuestas a mentir, engañar, y meterse en su cama para acercarse a Gio, heredero de la fortuna de los Rossi.

Isabella le había seducido con su belleza angelical. Le había hecho creer que era su primera opción, su única opción. Sin embargo, durante todo ese tiempo no había hecho más que tejer su tela de araña alrededor de Giovanni.

Ella se apartó de la mesa y echó a andar hacia él. Tenía la cabeza baja y sostenía la libreta y el bolígrafo con ambas manos. Antonio sintió el latigazo de la tensión. Estaba listo para saltar, rígido como una cuerda. No quería hacer ningún movimiento que pudiera revelarle su presencia.

–¿Ya sabe qué va a pedir? –le preguntó en un tono casual.

–Hola, Bella.

Isabella levantó la vista de golpe. Sus ojos neblinosos se aclararon y miraron a Antonio con fijación. Estaba allí, en carne y hueso, delante de ella, expectante.

«Corre...». La palabra retumbó en su cabeza.

Parpadeó lentamente.

A lo mejor estaba alucinando. Llevaba un tiempo sin ser ella misma. No tenía ningún sentido que Antonio Rossi, millonario, miembro de la élite de la sociedad, hubiera ido a parar a esa cafetería por pura casualidad.

«¿Lo sabe? ¿Es por eso que está aquí?».

No podía dejar de mirarle, como un ciervo sorprendido en mitad de la carretera e iluminado por los faros delanteros de un coche. Llevaba un traje negro de raya diplomática. El corte de sastre, impecable, le realzaba las espaldas anchas y los músculos. La camisa, cosida a mano, y la corbata de seda, le daban cierto aire civilizado, pero no lograban esconder ese magnetismo animal. Era el hombre más sensual del mundo, y el más poderoso.

Pero también era la persona más cruel que había conocido en toda su vida.

Isabella tomó el aliento, poquito a poquito, pero no fue suficiente. No sabía qué iba a hacer él, o qué estaba pensando en ese preciso momento. Lo único que sabía con certeza era que, hiciera lo que hiciera, iba a ser devastador.

Había cometido un gran error involucrándose con él. Era de esa clase de hombres de la que su madre intentaba protegerla con sus consejos. Para alguien como Antonio ella no podía ser más que un juguete del que se deshacía cuando algo mejor se le cruzaba en el camino, pero, aun así, no había podido evitar caer en sus redes. Incluso en ese momento, no podía dejar de mirarle y de sentir esa atracción poderosa por todo el cuerpo.

Sus ojos estaban ocultos tras las gafas de sol, pero las líneas rectas y los ángulos de su rostro masculino eran tan agresivos y duros como los recordaba. Antonio no era un hombre hermoso, pero ese toque sombrío y misterioso le daba un aire glamuroso que las volvía locas a todas.

«Corre. Y no mires atrás».

—¿Antonio? ¿Qué estás haciendo aquí?

—He venido a buscarte.

Ella se estremeció. Jamás hubiera esperado volver a verle u oír esas palabras.

—¿Por qué?

—¿Por qué? —Antonio se echó hacia atrás y la miró de arriba abajo.

El corazón de Isabella retumbaba contra su pecho. Debería haberle dicho que se fuera, que se alejara tanto como fuera posible.

—Tienes que irte. Ahora —le dijo, intentando sonar lo más hostil posible.

—Bella...

Él era el único que la llamaba así. Antes le encantaba oírle llamarla así, con cariño, con una sonrisa en los labios. Pero esa vez las cosas eran diferentes. Su voz sonaba cargada de rabia.

–No tengo nada que decirte.

Antonio se quitó las gafas de sol de repente.

–¿Y qué tal si me das tus condolencias?

Isabella sintió una presión repentina en el pecho que le impedía respirar. Esos ojos marrón oscuro la hipnotizaban. No podía apartar la vista. Jamás había visto tanta furia y dolor. No haría falta mucho para desatar toda esa rabia. Si daba un paso en falso, él atacaría.

–Acabo de enterarme del accidente de Giovanni. Siento mucho tu pérdida.

Antonio arrugó los párpados. Su rabia hizo vibrar el aire.

–¿Tanto lamento por un antiguo amante? –susurró él en voz baja–. Debió de ser una ruptura desagradable. ¿Qué pasó? ¿Le engañaste también?

–No tuve una aventura con Giovanni –dijo ella, sosteniendo la libreta y el bolígrafo contra el pecho, como si eso pudiera protegerla de Antonio.

Dio un paso atrás.

–Bella, si das otro paso...

–*Signorina* –dijo de repente un hombre que estaba sentado en una mesa cercana–. Ha olvidado el...

–Un momento, por favor –dijo Bella, aprovechando para apartarse de Antonio–. Vuelvo enseguida.

Echó a andar en dirección a la cocina, pero no tardó en sentir una mano en el hombro. Cerró los ojos y los apretó con fuerza.

Él la hizo darse la vuelta de golpe. Si no la hubiera sujetado con tanta fuerza, probablemente se habría desmayado allí mismo. Se sentía enferma de repente, débil, cansada de preocuparse tanto, de sobrevivir.

Echó atrás la cabeza y le miró a los ojos. Había olvidado lo alto que era.

–Te he estado buscando –dijo él. Su voz sonaba suave, pero peligrosa. Bajó la cabeza–. Me ha costado mucho encontrarte.

Isabella sintió que se le agarrotaba el estómago. Antonio le puso las manos sobre los hombros. Casi le clavó las yemas de los dedos en la piel. La rodeaba por todos lados. La tenía encajonada, enjaulada, atrapada.

–¿Qué sucede aquí? –de repente se oyó la voz refunfuñona del encargado–. Isabella, ¿qué has hecho?

–No pasa nada. Yo me ocupo de todo –dijo ella, sin quitarle la vista de encima a Antonio.

Con solo mirarle una vez, estaba perdida. Siempre había sido así.

–No sé por qué te molestaste en buscarme –miró de reojo un instante y vio que su jefe estaba junto a la cocina. Su interés por ese cliente rico e inesperado era evidente–. ¿Todavía sigues pensando que tenía una aventura con Giovanni cuando estaba contigo?

Los ojos de Antonio se oscurecieron y sus rasgos se tensaron.

–Oh, sé que tenías una aventura.

No había perdonado a su hermano, ni tampoco la había perdonado a ella. Nunca lo haría. Isabella tragó en seco. Las fuerzas que le quedaban se agotaron de pronto. Se sentía floja, exhausta, pero aún le quedaba una batalla por librar.

–Sé que eras su amante. ¿Por qué si no iba a dejarte algo en su testamento?

Isabella hizo una mueca de dolor. Pensaba que Giovanni era su amigo. Le había dado cobijo y la había ayudado mucho. Su verdadera naturaleza no se había dejado ver hasta el último momento.

–Vete, Antonio. No sabes nada.

–No me voy sin ti. Tienes que firmar unos documentos en el juzgado lo antes posible.

Isabella sintió una ola de pánico. No iba a ir con él a ningún sitio. Trató de disimular, pero supo que no lo había hecho muy bien cuando vio ese destello maligno en su mirada. Era evidente que quería verla sufrir.

–Dile a tu familia que no pudiste encontrarme –dio un paso atrás. Él la soltó por fin–. Dale el dinero a la beneficencia.

Antonio la miró con ojos de sospecha.

–No sabes cuánto es.

–No tiene importancia.

–¡Isabella! –gritó el encargado de repente–. Llévate los platos antes de que se enfríe la comida.

La joven giró de golpe. La cabeza le dio vueltas. Trató de apoyarse en la pared, pero terminó agarrándose del brazo de Antonio. Hizo todo lo posible por recuperar el equilibrio. No podía demostrarle debilidad.

–¿Estás enferma?

–No dormí mucho anoche –le dijo ella, rehuyendo su mirada.

Antonio era muy listo, intuitivo. No tardaría mucho en averiguar qué le pasaba en realidad. Tenía que escabullirse antes de que llegara a descubrir la verdad.

–¡Isabella! –gritó su jefe.

–Déjame servir esto –le dijo a Antonio, agarrando la bandeja con los platos–. Después no volverán a interrumpirnos.

Sin esperar respuesta alguna, salió corriendo hacia la acera. Sirvió la comida rápidamente. Casi se le cayó al suelo, pero logró agarrar los platos en el último momento. Se disculpó como pudo. Su mente estaba enfrascada en otra tarea: buscar la forma de escapar. Se movió con discreción hasta situarse en un ángulo muerto con respecto a la cocina. Era su última oportunidad.

Puso la bandeja sobre una de las mesas vacías y echó a andar con tranquilidad. Al doblar la esquina, echó a correr tan rápido como pudo por el callejón hasta llegar a las escaleras de atrás.

Sus pies golpeaban el pavimento y los pulmones le ardían, como dos balones a punto de estallar en cualquier momento. El tiempo era el factor más importante. Llegó a las escaleras y las subió a toda prisa, abarcando dos peldaños con cada zancada. Tropezó y cayó al suelo. Se golpeó la rodilla, se mareó, pero siguió adelante.

Las piernas le dolían, le temblaban, pero tenía que ir más rápido. Antonio ya debía de haberse dado cuenta de que había huido. No tardaría en empezar a buscarla.

Llegó a la puerta de su habitación, pero no se detuvo para recuperar el aliento. Sentía unas náuseas violentas, el cuerpo le dolía. Pero nada de eso importaba. Tenía que alejarse lo más posible y entonces podría descansar.

Abrió la puerta de golpe. Localizó su mochila encima de la cama. Entró y se lanzó a por ella. Justo en el momento en que agarraba uno de los tirantes, oyó un portazo estruendoso.

Se giró y la habitación empezó a dar vueltas. Vio a Antonio, apoyado contra la puerta. No parecía sorprendido o sofocado, pero había furia en sus ojos. Seguramente llevaba un buen rato esperándola allí.

–Me has decepcionado, Bella –le dijo en un tono que ponía la piel de gallina–. De repente eres tan predecible.

–Yo... yo...

Isabella parpadeó, empezó a ver manchas negras. De pronto sintió la cabeza más ligera que nunca. Las extremidades le pesaban tanto. No podía moverse.

Él fue hacia ella.

–No tengo tiempo para juegos. Vas a venir conmigo ahora.

–Yo... –tenía que moverse, correr, mentir.

Él fue a agarrarla... Y justo en ese momento Isabella sintió que la cabeza se le caía hacia atrás. Todo se volvió negro y se desplomó a sus pies.

Capítulo 2

BELLA! –Antonio la agarró con fuerza.
La mochila dio contra el suelo con un golpe seco.

La levantó en brazos. Parecía más pequeña que nunca, delgada, frágil.

Le apartó el pelo de la cara. Tenía los ojos cerrados. Estaba muy pálida. La acostó con cuidado sobre el colchón. Se agachó a su lado y entonces miró a su alrededor. La pintura de las paredes, de color beis, se estaba cayendo a trozos. Había un ligero olor a comida podrida que entraba por la ventana abierta. No había baño, ni nevera donde buscar un poco de agua. Apenas había espacio para la cama.

¿Cómo podía vivir de esa manera? ¿Cómo seguía en ese lugar cuando tenía un futuro en América?

–¿Bella? –le tocó la mejilla. Su piel era suave, pero estaba helada.

Isabella volvió en sí gradualmente. Frunció el ceño. Murmuró algo, pero era incomprensible. No abrió los ojos.

–Isabella –le dijo en un tono enérgico.

–Vete –dijo ella, con un hilo de voz. Se dio la vuelta y encogió las piernas hasta el pecho.

–No –él la agarró de los hombros y la sacudió un poco.

–Hablo en serio –Isabella cerró los ojos y trató de apartarle las manos–. Déjame en paz.

No había otra cosa que deseara más. Ojalá hubiera podido dejarla en paz aquel día, cuando la había visto por primera vez. Era un día cualquiera, de principios de marzo...

El sol brillaba, pero hacía un poco de frío. Acababa de salir de su despacho. Se estaba guardando el teléfono móvil en el bolsillo...

Y entonces la vio, de pie en la acera.

Algo le hizo pararse en seco.

–¿Todo bien, señor? –le preguntó su asistente.

El mundo acababa de dar un giro repentino a su alrededor. Aquella joven rubia con una chaqueta de cuero y vaqueros ceñidos le hizo dar un paso atrás. Conocía a muchas mujeres hermosas, pero había algo distinto en ella. A lo mejor era esa actitud orgullosa, casi desafiante, o la forma en que llevaba ese sombrero tirolés negro, o quizás fuera esa bufanda roja que sugería rebeldía...

–¿Señor?

Antonio apenas oía a su asistente. Su atención estaba fija en la joven. En ese momento ella le dio la vuelta a un mapa. Encogió los hombros y se lo guardó en la mochila de cualquier manera. Echó a andar...

–Cancela la reunión –le dijo Antonio a la asistente.

Siguiendo un instinto poderoso, pasó de largo por delante del coche que le esperaba en la acera y siguió detrás de la joven. Ella miró por encima del hombro un instante, le vio y, en vez de apartar la vista, dio media vuelta y se dirigió a él.

–*Mi scusi* –le dijo. Su voz sonaba fuerte y clara–. ¿Habla inglés?

–Claro –dijo él, notando cierto acento americano.

Era evidente que no le reconocía. No tenía ni idea de quién era él.

–Estupendo. Estoy buscando la Piazza del Popolo –dijo ella, mirándole los labios de repente. De manera inconsciente, se lamió el labio inferior.

Antonio apretó la mandíbula. Quería saber a qué sabían esos labios, pero era demasiado pronto.

–No está lejos –le dijo. Podía sentir la atracción, vibrando a su alrededor–. Puedo mostrarle el camino.

Ella se sonrojó.

–¿No tendrá que desviarse mucho?

–En absoluto –le dijo él, mintiendo–. Yo voy en esa dirección también.

–¡Vaya! ¡Qué suerte! –ella sonrió de oreja a oreja.

Estaba claro que no le creía.

–Por cierto, me llamo Isabella.

Esa noche se la llevó a la cama, sin juegos ni mentiras. Aquel día jamás hubiera podido imaginar que esa joven estudiante americana, de vacaciones en Italia, fuera a cambiarle la vida sin remedio de la noche a la mañana.

No tenía mucha experiencia, pero había sido una amante generosa y muy cariñosa. Giovanni era de la misma opinión.

El recuerdo de las palabras de su hermano corrió por sus venas como un veneno corrosivo. Se puso en pie, apretó los puños y los metió en los bolsillos.

–Me dijiste que no estabas enferma.

–No estoy enferma.

–Tienes que ver a un médico.

Isabella abrió los ojos de golpe. Parpadeó varias veces, le miró fugazmente y entonces agachó la cabeza. Se incorporó y apoyó el peso en el codo.

–Ya he visto a un médico –le dijo, apartándose el cabello de la cara–. No estoy enferma. Solo estoy agotada. Solo tengo que comer y dormir mucho.

Antonio la miró con ojos escépticos.

–Yo pediría una segunda opinión.

–No necesito una segunda opinión. Y ahora, vete –le dijo con un gesto despreciativo.

–No me voy sin ti.

–Pues tienes que hacerlo –le dijo, sujetándose la cabeza con ambas manos–. Dile a todo el mundo que no pudiste encontrarme. Diles que he vuelto a casa.

La idea era muy tentadora. Quería dar media vuelta y no mirar atrás, borrarla del mundo para siempre. Pero era imposible.

–Lo siento. Yo no soy como tú. A mí me gusta decir la verdad siempre que puedo.

Ella levantó la cabeza y le fulminó con la mirada.

–Yo nunca te he mentido. Nunca...

Él dio media vuelta y miró el reloj.

–No tengo tiempo para arreglar el pasado.

–¿Arreglar? –Isabella levantó la voz, molesta–. ¿Pero es que alguna vez hemos hablado de ello? Pensaba que éramos felices. Llevábamos semanas juntos y la cosa iba bien. Hacíamos el amor todas las noches. Y un día, de buenas a primeras, me despertaron tus guardaespaldas para echarme de la casa. Me habían hecho las maletas, y tú no contestabas a mis llamadas. No me dijiste por qué lo hiciste, ¡y nunca me diste la oportunidad de hablar!

Antonio se inclinó contra la pared. La habitación parecía encoger por momentos.

–No estaba de humor para oír tus excusas. Y ahora tampoco.

–No había ninguna excusa que dar –dijo Isabella, levantándose lentamente.

Sus movimientos eran torpes y descoordinados. Antonio cruzó los brazos. No quería sentir la tentación de ayudarla. De hecho, ya se estaba arrepintiendo de haberla tomado en brazos cuando se había desmayado. Le había costado tanto alejarse de ella después. Todavía sentía un ligero cosquilleo en las yemas de los dedos.

Isabella le miró a los ojos y sacó la barbilla.

–No tuve ninguna aventura.

Él levantó la mano.

–¡Basta! No voy a hablar de eso.

–¿Por qué no me sorprende? –dijo ella, suspirando–. A ti no te gusta hablar de nada, sobre todo cuando es algo personal. Por mucho que lo intenté, jamás quisiste decirme qué te pasaba. Solo sabía lo que pasaba por tu cabeza cuando estábamos en la cama.

Sus palabras suscitaron una imagen muy clara en la mente de Antonio. La recordó desnuda, en la cama, obedeciéndole, haciendo todo lo que le pedía.

–Nos vamos –dijo con brusquedad. Abrió la puerta de par en par y la esperó.

–No –dijo ella, con firmeza–. No voy a firmar ningún papel. No quiero el dinero de Giovanni.

–Estoy seguro de que te lo ganaste muy bien.

No quería que supiera lo que estaba en juego. Solo quería zanjar el asunto lo antes posible.

Caminó hacia ella.

–¡No te atrevas a tocarme!

–Cómo han cambiado las cosas –le dijo con voz de seda, agarrándola de la muñeca.

Sintió su pulso acelerado. Recogió la mochila también.

–Antes te morías por mis caricias.

Isabella trató de soltarse, pero no tuvo mucho éxito.

–Pensaba que no querías hablar del pasado. Suéltame.

–Cuando subamos al coche sí querré.

–¡No me voy a ningún sitio contigo! –gritó, aferrándose al marco de la puerta.

Fue inútil.

–Piénsalo bien –él se dirigió hacia las escaleras, arrastrándola por detrás.

–Pesado y egoísta –murmuró ella–. Debe de ser cosa de la familia Rossi. Eres igual que tu hermano.

Antonio se detuvo en seco. Sus palabras le habían golpeado como un látigo. Se volvió lentamente y la miró a los ojos. Apretó el puño alrededor de su muñeca. Ella retrocedió, pero no pudo soltarse.

–No.

Isabella bajó la vista.

–Solo quería decir...

–Me da igual lo que quisieras decir.

Sin decir nada más, dio un paso adelante y se acercó más a ella, acorralándola contra la pared. ¿Por qué había escogido a Gio? Todos los demás lo hacían, pero... ¿Por qué Isabella? Gio era el carismático, el más guapo. ¿Se había enamorado de él?

–¿Antonio? –susurró ella con inseguridad.

Él la miró un segundo. Toda esa belleza angelical escondía una naturaleza perversa. Ese espíritu libre y rebelde le había arrastrado a un infierno del que tal vez no podría salir. Parpadeó con rapidez y luchó contra la oscuridad que trataba de envolverle. No iba a dejar que le destruyera de nuevo. La soltó, como si el roce de su mano le quemara de repente. Dio un paso atrás y le clavó la mirada.

–No me compares con mi hermano. Jamás.

Isabella no podía moverse. Esos ojos oscuros la tenían atrapada. El corazón le dio un vuelco y el aire se le escapó de los pulmones. Él jamás mostraba sus sentimientos y emociones, pero, por un instante, todo fue distinto. Durante una fracción de segundo, Antonio Rossi fue como un libro abierto. Estaba claro que sufría.

Rápidamente él le dio la espalda. Fue hacia las escaleras.

–Lo siento –susurró ella.

No era su intención compararle con Gio de esa forma. En realidad los dos hermanos tenían personalidades muy distintas. Era imposible confundirles. Giovanni tenía un encanto natural digno de una estrella de cine; siempre era el alma de la fiesta, divertido y muy guapo. Pero no resultaba fascinante, a diferencia de su hermano.

Nada más conocer a Antonio, se había dado cuenta de que ese hombre apuesto y misterioso jugaba en otra liga. Y ella carecía de la sofisticación y el refinamiento necesarios para ir del brazo de alguien como él. Pero no importaba. Solo quería estar a su lado, solo una vez.

De pronto recordó aquel día, cuando se habían conocido. Él se había ofrecido a acompañarla hasta la Piazza del Popolo. Al verle por primera vez, había sentido algo parecido a una descarga eléctrica. Era como si la hubieran devuelto a la vida de golpe. El corazón se le había acelerado hasta casi salírsele del pecho.

—Soy Antonio –le había dicho él y le había ofrecido la mano.

Ella había vacilado un instante al ver esos gemelos tan caros. Y entonces se había dado cuenta de que llevaba un traje de firma que debía de costar millones. Solo la corbata debía de haber costado más que su viaje por Italia.

«Ten cuidado con los ricos. Esos solo quieren una cosa de las mujeres como nosotras».

Isabella había sonreído para sí al recordar esas palabras. No había problema ninguno porque ella también buscaba lo mismo.

Al tomarle de la mano, había sentido un cosquilleo sutil... Había intentado soltarse, pero él la había agarrado con más fuerza todavía.

Ese contacto físico había logrado atravesar la espesa neblina que se había cernido sobre ella durante la última etapa de la enfermedad de su madre. Casi se había quedado sin aire al sentir el tacto de sus labios contra las yemas de los dedos. Los colores de Roma se habían hecho más intensos y la luz del sol se había vuelto dorada de repente. El ruido ensordecedor del tráfico había desaparecido al tiempo que Antonio le rozaba los nudillos con los labios.

En aquel momento, no obstante, jamás hubiera esperado enamorarse sin remedio. Jamás hubiera pensado irse a la cama con él esa misma noche. Nunca se le hubiera ocurrido pensar que ya nunca volvería a ser la misma.

Isabella volvió al presente. Antonio había bajado las escaleras con su mochila en la mano. Todo lo que tenía, su pasaporte, el dinero, estaba dentro de esa mochila.

—¡Espera! —echó a correr tras él.

Rodeó el edificio y le vio andando por la acera. Corrió más deprisa para alcanzarle.

—¡Antonio, para!

Él fue hacia su deportivo; una máquina amenazante tan negra como la noche. Apretó un botón del mando a distancia y el maletero se abrió.

Isabella le miraba con ojos de terror.

—Devuélveme mi bolso.

—Lo tendrás cuando hayamos ido a ver a los abogados.

—No lo entiendes, Antonio. Tengo que trabajar —señaló la cafetería que estaba al final de la manzana.

—¿Y a quién le importa? —fue hacia el lado del conductor—. Esto es más importante.

—Ya voy a tener bastantes problemas por haberme tomado este descanso imprevisto.

—¿Descanso imprevisto? Echaste a correr y no tenías pensado volver.

—No puedo permitirme perder este trabajo —se frotó la frente con la mano, tratando de mantener la compostura—. Si me echan, pierdo la habitación.

Antonio levantó la mirada en dirección a la destartalada ventana de su dormitorio.

—No va a ser una gran pérdida.

—A lo mejor no para ti, pero este trabajo es lo único que me impide acabar en la calle.

Antonio arrugó los párpados.

—¿Es por el dinero?

—¿Qué? —ella le miró desde el otro lado del coche.

—Claro que sí.

–Se trata de cómo me gano la vida. Escucha. Vamos a hacer un trato. Iré a ver a los abogados en cuanto termine mi turno en la cafetería.

Antonio miró el reloj nuevamente.

–Eso no puede ser.

–¿En serio? ¿Y por qué? Me has pedido un favor y yo acabo de aceptar.

–Los dos sabemos que estás tratando de posponer algo que es inevitable y que harás todo lo posible para escabullirte, aunque sí tengo que reconocer que me sorprende sobremanera que no hayas preguntado ya de cuánto dinero estamos hablando, a menos que ya lo sepas. Claro.

–Pues no tiene nada de sorprendente –dijo ella, cruzando los brazos de una manera defensiva–. Lo único que yo sé es que esa clase de dinero nunca viene libre de cargos. No quiero nada, sobre todo si voy a tener que tratar contigo o con tu familia.

Antonio decidió ignorar ese comentario.

–No estoy dispuesto a quedarme por aquí a esperar a que termines el turno.

–¿Pero sabes por lo menos lo que significa llegar a un acuerdo? –dijo ella, levantando las manos con un gesto de frustración.

Estaba claro que esa palabra no significaba nada para él. El mundo siempre se doblegaba ante Antonio Rossi. Y ella también lo había hecho, en otra época.

–Esto es lo que yo sé –dijo él, poniéndose las gafas de sol–. El testamento se leyó hace tres días. El contenido se hará público muy pronto.

Isabella frunció el ceño.

–¿De qué estás hablando?

Él abrió la puerta del coche y se sentó del lado del conductor.

–Los paparazzi no tardarán mucho en encontrarte.

Isabella se volvió con brusquedad, sorprendida.

–¿Paparazzi? Pero ¿qué iban a querer de mí?

–Estás de broma, ¿verdad? La mujer que se acostó con los hermanos Rossi termina con una fortuna.

Ella le miró con los ojos enormes como platos.

–No hay necesidad de decirlo de una manera tan sórdida.

–Lo estoy diciendo tal y como es –remarcó él con impaciencia–. Y ahora entra en el coche.

Isabella vaciló un momento.

¿Giovanni le había dejado una fortuna? Tenía que ser un error. Antonio debía de estar exagerando.

¿Y qué le pasaría después de firmar los documentos? No tenía casa, ni dinero, ni nadie que la ayudara. Llevaba meses trabajando duro para ahorrar el dinero que necesitaba para volver a California. ¿Podría pedirle ayuda a Antonio?

Se mordió el labio mientras sopesaba los pros y los contras. ¿Podía pedírselo? ¿Estaba dispuesta a rebajarse tanto? Antonio podía permitirse ampliamente el coste de un billete de avión. Probablemente tendría el dinero en el bolsillo en ese momento.

Pero no estaba bien. No podía hacerlo.

–¿Qué quieres? –le preguntó él, echándose atrás en el asiento.

Ella respiró hondo.

–Necesito un billete de avión para Los Ángeles, para esta noche.

Él asintió.

–¿Qué más?

Isabella ya casi se arrepentía de lo que le había pedido. No quería nada de él. Su presencia no hacía sino recordarle las decisiones estúpidas que había tomado por amor. Se había peleado por él, por ellos, y él la había echado a la calle. Por mucho que le doliera reconocerlo, su madre tenía razón.

–Eso es todo.

Él se levantó las gafas de sol un momento y la miró a los ojos.

–No te creo.

–No sé por qué no me sorprende. Pero lo digo de verdad. No quiero nada más.

–Eso va a cambiar muy pronto –dijo él, arrancando el coche.

–A lo mejor no me he explicado con claridad. Voy a considerarlo un préstamo –dijo ella al tiempo que el motor del coche empezaba a rugir–. Te pagaré en cuanto me establezca.

–Eso no es necesario.

–Sí que lo es. No estaría bien que aceptara tu dinero.

–No me importa el dinero –dijo Antonio–. Métete en el coche.

Isabella titubeó.

–Bella... –su tono de voz era una advertencia clara.

Isabella abrió la puerta y subió al vehículo antes de cambiar de opinión.

–No voy a quedarme mucho tiempo –le dijo, abrochándose el cinturón–. Firmo los papeles y me voy.

Y con un poco de suerte ya no le volvería a ver nunca más.

Capítulo 3

ESTO es un bufete? –preguntó Isabella, examinando el edificio antiguo–. Nunca he visto nada parecido.

Antonio levantó la vista. La fachada estaba pintada de un tono claro, entre rosa y dorado. Viejos mosaicos decoraban los arcos de las ventanas y las columnas. Nunca antes había mirado bien la edificación. Era extraño.

–¿Y adónde te creías que iba a llevarte?

–No querrás que conteste a eso, ¿no? –murmuró ella.

Entraron en el viejo edificio, oscuro y húmedo. Estaba desierto y el único ruido que se oía era el de sus propios pasos mientras subían las escaleras. El silencio que compartían en ese momento era raro, pero Antonio lo agradecía. No quería recordar aquellas largas tertulias que solían mantener y que a veces se prolongaban durante toda la noche. No quería recordar aquellos momentos, cuando la llamaba en mitad del día solo para oír su voz. La barrera del silencio era mucho mejor. La necesitaba.

La recepcionista puso mala cara al ver a Isabella, pero Antonio la fulminó con una mirada implacable. La mujer bajó la vista y los acompañó a la sala de juntas.

Cuando la puerta se abrió, Antonio vio a su madre.

Estaba sentada junto a una mesa de palisandro. Vestida de negro de la cabeza a los pies, Maria Rossi estaba tan elegante como siempre. Trataba de esconder su aflicción bajo ese porte magnífico, pero era fácil ver su dolor.

–Madre, ¿por qué ha venido? –le preguntó Antonio–. No tiene que estar presente.

La expresión de la señora Rossi se volvió sombría al ver a Isabella.

–¿Es esta la mujer?

–Es Isabella Williams –le dijo su hijo con reticencia. No tuvo más remedio que presentársela.

Hubiera querido evitar ese encuentro a toda costa, pero al final había sido imposible hacerlo.

A Maria le bastó con una sola mirada para dejar claro lo que pensaba acerca de Isabella. Sabía que esa belleza rubia era la razón por la que sus hijos se habían distanciado tanto.

Antonio sintió el deseo de proteger a Isabella de ese desprecio, pero en realidad no tenía mucho sentido. Ella se había equivocado y debía sufrir las consecuencias. Había provocado un escándalo al irse a vivir con Giovanni. Los paparazzi se habían vuelto locos y él se había convertido en el centro de todos los rumores y cotilleos.

Sin embargo, aun así, no podía quedarse de brazos cruzados, viendo cómo la despreciaban. La mayoría de la gente hubiera agachado la cabeza ante su madre, pero Isabella mantuvo la frente bien alta. Estaba claro que no iba a esconderse ni a avergonzarse de nada. Era capaz de sostenerle la mirada a Maria Rossi con esa ropa casi andrajosa y con un nombre manchado por el escándalo.

Su madre fue la primera en apartar la vista. Se volvió hacia él.

–No soporto estar en la misma habitación que ella.

Isabella permaneció impasible. Maria Rossi abandonó la estancia y cerró la puerta con autoridad.

–Te pido disculpas por el comportamiento de mi madre –dijo Antonio, conteniendo la rabia–. Me aseguraré de que no vuelva a ocurrir.

–No es necesario –dijo Isabella, cruzando los brazos. Caminó hasta la ventana–. Sé que tú sientes lo mismo –añadió, mirando hacia el Panteón.

Antonio sabía que no miraba nada en particular. Era como si estuviera en otro lugar, en otro tiempo, atrapada en los recuerdos.

–¿Qué le dijiste a tu madre de mí? –Isabella hizo una mueca al hacer la pregunta.

No quería preguntar, pero era evidente que su reputación la precedía.

Había algo en Maria Rossi que la intimidaba. Era el aura de poder.

–Nunca hemos hablado de ti –dijo Antonio en un tono tenso.

Eso no la sorprendía en absoluto. Él rara vez hablaba de su familia. Lo único que sabía de su madre y de su difunto padre era lo que Giovanni le había dicho.

Isabella se volvió y fue hacia él.

–¿Pero ella sabe que tú y yo estuvimos juntos?

–Si lo sabe, no fui yo quien se lo dijo.

–¿Giovanni?

–Mi madre intentó averiguar por qué sus hijos ya no se hablaban –Antonio cruzó los brazos y apartó la mirada–. Estoy seguro de que Gio se inventó alguna historia para quedar como la víctima inocente.

–¿De nuevo? ¿Ya os habíais peleado antes?

Antonio apretó la mandíbula.

–Sí.

–Pero ¿cómo? –le preguntó, recordando a los dos hermanos juntos–. Estabais muy unidos.

Antonio se encogió de hombros.

–Gio trataba de compensarme. Se estaba portando bien. Fue una de las pocas veces en que nos llevamos bien.

–¿Y por qué le aceptaste en tu vida de nuevo?

Eso no parecía propio de él. Antonio Rossi no era de los que perdonaban los errores. Con él nunca había segundas oportunidades.

–Pensaba que había cambiado –suspiró–. Quería que cambiara.

Isabella vio dolor en sus ojos. Quería ofrecerle consuelo, abrazarle, pero sabía que su gesto no sería bienvenido.

–¿Cuántos años teníais cuando dejasteis de hablar?

–No quiero hablar de eso.

–¿Por qué no?

–He contestado a todas tus preguntas. Ahora me toca a mí.

Isabella se volvió. Había una extraña luz en los ojos de Antonio, un gesto decidido en su rostro.

–Yo no he accedido a eso.

–¿Por qué te incluyó Gio en el testamento?

–No tengo ni idea. Yo no se lo pedí.

No lo sabía, pero sí sospechaba cuál era la respuesta. Giovanni había jugado a un juego y ella estaba a punto de perderlo todo.

–Los abogados dicen que Gio cambió el testamento hace un mes.

Isabella se puso pálida. Eso no podía ser una coincidencia.

—¿Y...?

Antonio ladeó la cabeza y la miró fijamente.

—Sabes por qué. Nadie más lo sabe. Nadie sabe por qué te ha dejado millones.

—¿Mi... millones? —susurró Isabella—. Eso no tiene sentido.

—Y la mitad de las acciones de Rossi Industries.

—¿Qué?

—Te ha dado la mitad de mi herencia.

Isabella se tapó la boca con la mano.

—Ya perdí una parte de mi herencia en el pasado. No voy a perderla de nuevo.

—¿De qué estás hablando?

—¿Por qué te ha dejado Gio tanto dinero? ¿Por qué no se lo dejó a la mujer con la que estaba saliendo? ¿Por qué no se lo dio a la mujer que significaba algo para él? ¿Por qué a ti?

—Antonio... —Isabella apretó los puños. No tenía el coraje para decírselo. No quería enfrentarse a las consecuencias.

—¿Lo hizo porque así yo me vería obligado a trabajar con la mujer que me engañó? ¿O fuiste tú quien le convenció? Admito que eres buena en la cama, pero... ¿Tanto?

Isabella sintió un vapor repentino en las mejillas. Solo deseaba salir corriendo. En cuanto pronunciara las palabras clave, todo cambiaría. Se perdería todo.

—Estoy embarazada.

Antonio se quedó mirándola, anonadado. Isabella echó los hombros adelante y se preparó para lo que le iba a caer encima.

Se lamió los labios con nerviosismo.

–Y Giovanni es el padre.

Antonio dio un paso atrás, como si acabaran de darle un puñetazo. Sintió que se le entumecía el cuerpo. La cabeza le daba vueltas. El mundo pareció girar vertiginosamente y le hizo tambalearse. Quería agarrarse a algo. Sentía que estaba a punto de caerse, pero no quería caer sobre ella, la única mujer que aún tenía el poder de hacerle daño.

–Tú...

Isabella iba a tener al hijo de su hermano. Gio lo sabía, pero no se lo había dicho. Una descarga de dolor le sacudió por dentro.

–Pero no tuve ninguna aventura con él. Lo juro.

Una aventura, sexo... Todo era lo mismo.

Antonio levantó la mano. Una ola de rabia le recorrió las entrañas.

–Estás embarazada. ¿De cuántos meses?

Ella se tocó el vientre.

–Acabo de pasar el primer trimestre.

–¿Tres meses?

–Antonio, tienes que creerme. Solo me acosté con él una vez.

Antonio trató de disipar la neblina roja que se cernía sobre él.

–¿Solo? ¿Se supone que me tengo que sentir mejor porque solo fue una aventura de una noche?

¿Cómo iba a creerse algo así cuando había vivido meses con su hermano?

–¿Con cuántas mujeres te has acostado desde que rompimos?

–No estamos hablando de eso. Esas mujeres no fueron el motivo por el que terminamos. Te eché de mi vida porque te estabas acostando con mi hermano. Y ahora me dices que estás embarazada de él.

–Ocurrió la noche en que oí en las noticias que te ibas a casar con otra –Isabella hablaba de forma atropellada, como si el recuerdo todavía la atormentara.

–¿Y esa es tu excusa? –Antonio se le quedó mirando. No sabía si le estaba contando mentiras o si se estaba preparando para clavarle otro cuchillo en la espalda.

–No. Solo trato de explicarme –se tapó la cara con las manos–. Estaba muy nerviosa y bebí demasiado. Llevaba semanas así. Estaba muy destructiva conmigo misma y cometí muchos errores por esa época. No me siento orgullosa de lo que hice.

Pero lo había hecho. ¿Le hubiera contado lo de Giovanni si su hermano no hubiera muerto, o se lo hubiera callado para siempre?

–¿Terminas en cualquier cama cuando te emborrachas?

Ella bajó las manos lentamente.

–No sé muy bien qué pasó esa noche.

–Muy oportuno.

Ella le atravesó con una mirada.

–Todo lo que sé es que estaba destrozada. Me habías echado de la casa. No querías saber nada de mí y entonces me enteré de que te ibas a casar con otra mujer.

–Y la mejor manera de vengarte era acostarte con mi hermano, ¿no?

–No sabía nada de tus problemas con Giovanni –Isabella estaba de pie frente a él, tensa como una vara, con los puños apretados a los lados–. No sabía que me habías echado como si fuera basura porque creías que había tenido algo con tu hermano.

–Y mira lo que hiciste entonces –Antonio ya no veía otra cosa que no fuera esa neblina roja. Empezaba a sentirse peligroso, fuera de control. Metió las manos en los bolsillos.

–¡Giovanni lo planeó todo! Se aprovechó de mí.

–Estoy seguro de que te metió en su cama en un tiempo récord.

Ella sacó la barbilla.

–Yo no soy así –dijo, temblando.

–Sí que lo eres –dijo él con una sonrisa maliciosa–. Estabas conmigo.

Isabella abrió los ojos como si acabara de golpearla.

–¿Me sueltas eso a la cara? –le preguntó en un susurro, escandalizada–. Lo que nosotros teníamos era distinto. Era especial. Era...

–Parte de tu rutina –dijo él con frialdad–. Pero fue Gio quien te dejó embarazada. ¿Eso también estaba en tus planes o fue un extra inesperado? ¿Por eso te echó él?

–Él no me echó de ningún sitio. Yo me fui a la mañana siguiente –le dijo ella. Su voz estaba cargada de emoción–. Ya no me sentía segura. Corrí tan rápido como pude.

Antonio frunció el ceño y cruzó los brazos. La explicación se le había clavado en el pecho como un alfiler. Había algo que no encajaba en la historia.

–¿Entonces cómo se enteró de lo del bebé?

–Se lo dije cuando me enteré. Fue hace un mes.

–¿Qué te dijo él?

–No mucho –Isabella apartó la vista.

–Isabella –le dijo él en un tono brusco. Era una clara advertencia–. Cuéntamelo.

–Él se rio. Me dijo: «Antonio no volverá a ponerte una mano encima ahora». Y empezó a reírse como un loco.

Antonio retrocedió. No debería haberse sorprendido, pero no podía evitarlo. Nunca había llegado a saber hasta qué punto llegaba el odio de su hermano.

–Y tenía razón –añadió ella, señalándole con un gesto–. Sabía exactamente cómo ibas a reaccionar cuando te enteraras.

–¿Es por eso que saliste huyendo del café? No eres la mujer que creía que eras.

–Eso no es cierto. Tú solo quieres oír cosas malas de mí. Así todo es más fácil porque siempre me estás buscando los defectos –Isabella respiró hondo, a duras penas–. Quiero que sepas que no te engañé.

–¿Y cómo quieres que me lo crea? ¿Cómo voy a creer que no empezaste a acostarte con él desde el momento en que le conociste?

–No tengo forma de demostrarlo. ¿Por qué no puedes...?

De repente alguien llamó a la puerta. Isabella se sobresaltó y cerró la boca. Un anciano con el pelo blanco, vestido con un traje de tres piezas, entró en la habitación.

Haciendo todo lo posible por recuperar la compostura, Antonio le presentó al abogado. Este la invitó a entrar en su despacho. Isabella le siguió obedientemente. Al pasar por delante de Antonio, él la agarró de la muñeca.

–Esto no ha terminado.

–Sí que ha terminado –remarcó ella, soltándose–. No tengo que darte explicaciones. No tienes ningún derecho sobre mí o sobre mi hijo –entró en el despacho.

El abogado entró detrás.

Antonio se quedó mirando la puerta cerrada, rígido como un palo. Una idea acababa de tomar forma en su cabeza.

–Todavía no –murmuró–. Pero cuando lo tenga, habrá mucho que pagar.

Capítulo 4

V OY a ser abuela –Maria Rossi suspiró y entrelazó las manos–. El hijo de Gio. Oh, espero que sea igual que él.

–Me alegra ver que te lo estás tomando bien –murmuró Antonio, caminando de un lado a otro.

Estaban en la sala de juntas. Debería haber dejado a su madre en la sala de espera, pero tenía que decirle que la situación había cambiado. La estrategia que habían elaborado ya no servía para nada. Isabella había jugado una baza mejor.

–Admito que Gio no tenía por qué incluirla en el testamento –la voz de Maria sonaba cargada de rabia–. Darle dinero y poder a esa mujer.

–Lo hizo para vengarse de mí.

–No. Gio jamás hubiera hecho algo así. No lo hubiera hecho –dijo Maria, haciendo una mueca–. Esa mujer lo hechizó. No pensaba con claridad cuando cambió el testamento. Entiendo que quisiera asegurar el bienestar de su hijo, pero... ¿tanto dinero? Ni siquiera sabemos si es suyo.

–Ya lo averiguaremos –dijo Antonio. Sin embargo, el instinto le decía que era cierto. El bebé tenía que ser de su hermano.

Gio jamás hubiera hecho semejante cambio de no haber estado completamente seguro. Quería que su hijo heredara lo que le correspondía y le dio todo el poder sobre el dinero y las acciones a Isabella hasta la mayoría de edad del niño.

–El mismo Gio me dijo que esa diablesa le sedujo –añadió Maria–. Ambos deberíais haber pensado mejor las cosas, con la cabeza. No sé qué veíais en esa mujer.

Antonio se mesó el cabello.

–No quiero oírlo.

–Solo hay una forma de que una chica como ella pueda atrapar a un hombre rico; quedarse embarazada.

Antonio dio un golpe contra la mesa de caoba. Maria se sobresaltó.

–Ya basta.

–Vaya carácter –masculló Maria, recolocándose el moño–. Si tienes pensado recuperar todo el control de la fortuna Rossi, será mejor que tengas algo de paciencia.

Antonio caminó hasta la ventana y se inclinó contra el cristal.

–Tengo un par de ideas en mente –admitió, aunque en realidad ninguna de las dos le convencía mucho.

Las dos estrategias le obligaban a acercarse mucho a esa mujer que le había traicionado.

–¿De cuántos meses está?

–Dice que de tres meses. Yo la eché de casa la última semana de mayo, así que sé que el bebé no es mío. Ella dejó a Gio el primer día de julio. Todo encaja.

–Tienes que hacer algo.

–Lo sé. Solo me quedan dos opciones. Puedo seducirla para que renuncie a la herencia y deje el país de una vez y para siempre.

Ese plan tenía algunos fallos, no obstante. Los hechos más recientes demostraban que ya no era capaz de ejercer un influjo sexual poderoso sobre ella. Nada más salir de su vida se había enredado con su hermano sin el menor reparo. A lo mejor ya no sería capaz de seducirla sabiendo que llevaba al hijo de su hermano en el vientre.

–No –dijo su madre con firmeza–. Ese bebé es lo único que me queda de Gio. Quiero que sea parte de mi vida.

Antonio respiró profundamente. Un dolor agudo le atravesó por dentro. Su madre no había tenido escrúpulos a la hora de apartarle de su vida cuando más la necesitaba, pero por aquel entonces aún tenía a Gio.

–¿Y cuál es la segunda opción? –le preguntó ella.

–Casarme con ella y adoptar al niño. Así tendría todo el control sobre la fortuna Rossi.

Nunca había pensado en convertirse en padre. Como no era el primogénito, jamás se había sentido presionado para concebir a un heredero.

–Eso sería perfecto. Así no tendríamos que renunciar a nada.

«Solo perdería mi libertad», pensó Antonio mientras contemplaba el Panteón por la ventana.

–No creo que esto sea una buena idea –dijo Isabella al entrar en el apartamento del ático de Antonio.

Oyó cómo se cerraba la puerta a sus espaldas y se encogió de miedo al oír el clic del cerrojo.

–Estoy de acuerdo, pero los paparazzi ya saben que te ha caído una fortuna del cielo y mi casa es el sitio más seguro. De todos modos, solo va a ser una noche.

Isabella hizo una mueca de incredulidad. Eso tampoco significaba nada. Se había acostado con él a las pocas horas de conocerle, pero no iba a volver a caer. Él ya no la quería para nada. Había otra persona en su vida.

Se frotó los brazos y entró en el salón. Miró a su alrededor y se dio cuenta de que todo seguía más o menos igual. De hecho la única novedad en la casa era ella misma. Atrás había quedado aquella chica impetuosa y descuidada que se había quedado boquiabierta al ver aquel ático.

Reinaba un silencio pesado en el lugar. No había música. Nadie hablaba, ni reía. La estancia era moderna, elegante. Los muebles, de estilo contemporáneo, no casaban muy bien con las vistas de las ruinas de Roma. Isabella siempre había pensado que aquel apartamento era perfecto para Antonio; un hombre que se había hecho a sí mismo, que encarnaba un perfecto sincretismo entre la innovación y la tradición.

Sabía que él quería lanzar un buen ataque. Por eso la había llevado a su territorio.

—El ama de llaves ha preparado la habitación de invitados —dijo él, cruzando la estancia.

—Gracias —murmuró Isabella. Ojalá se hubiera quedado allí la empleada. No quería estar a solas con Antonio Rossi. No se fiaba, ni de él, ni de sí misma.

Él se dirigió hacia una mesa cargada de bebidas. Isabella trató de no mirarle, pero no pudo. Sus rasgos eran tan agresivos, tan duros. Sentía cosquillas en las manos con solo recordar cómo era acariciar esas mejillas, esa mandíbula angulosa. Antonio Rossi irradiaba poder, virilidad. Se había quitado la chaqueta del traje y la camisa que llevaba apenas contenía toda esa musculatura tan imponente. Isabella apartó la mirada. No quería mirarle así.

–¿Quieres una copa? –le preguntó él, agarrando una botella. De repente se paró en seco. Miró la bebida–. Se me olvidaba. No puedes beber alcohol.

–No es solo porque esté embarazada –ella se volvió hacia la ventana y contempló el cielo nocturno–. Ya no bebo.

Le oyó servirse una copa de whisky.

–¿Por qué? –le preguntó él después.

Durante el tiempo que había pasado con Giovanni se había dejado llevar por su espíritu fiestero. Había bebido sin control para calmar el dolor, para olvidar. Y así, un buen día, había amanecido en su cama.

–Hubo un día en que me excedí demasiado y juré que no volvería a beber.

–Es normal, si te codeabas con gente como Gio y sus amigos.

–Sí. Ya me di cuenta.

–¿Es que te costaba seguirle el ritmo? –le preguntó él, bebiendo un sorbo de whisky.

Isabella respiró hondo y se inclinó contra el frío cristal. Tenía que controlar su propio temperamento, mantener la cabeza fría. Antonio iba a interrogarla. De eso no había duda.

–Pensaba que no querías hablar de ello.

–Y no quiero hablar de ello –dijo él.

–¿Se te ocurrió pensar en algún momento que a lo mejor Giovanni te mintió? –le preguntó ella–. ¿Que a lo mejor sí te fui fiel?

–Sí –dijo él lentamente.

Isabella se llevó una pequeña sorpresa. Antonio no era de los que dudaban y le daban vueltas al mismo tema.

—¿Cuándo fue eso? —le preguntó, viéndole tomarse el whisky de un trago.

—Un día después de que te fueras —esbozó una media sonrisa y puso el vaso sobre la mesa—. Barajeé la posibilidad de haber cometido un error.

Isabella se apartó de la ventana.

—¿Y?

—Hice algunas indagaciones —apoyó las manos en la mesa—. Y así averigüé que nada más salir de mi cama te habías metido en la de Gio.

Isabella cerró los ojos al sentir el dolor que había en su voz.

—Las cosas no fueron así —susurró.

—Claro —dijo él, clavándole la mirada—. Ya habías estado en su cama antes de salir de la mía.

Isabella se frotó la frente. Sentía una tensión palpitante bajo la piel.

—Acudí a Giovanni porque tú me habías echado de la casa. No tenía adónde ir.

Antonio resopló con fuerza.

—¿Y yo me lo tengo que creer? Estabas justo donde querías estar.

Ella negó con la cabeza.

—Yo quería estar contigo.

—Hasta que conociste a mi hermano —Antonio fue hacia ella—. Usaste nuestra relación para acercarte a Gio y a su dinero.

—¡A mí nunca me ha interesado eso!

—Creía saber quién eras —Antonio apoyó el brazo contra la ventana.

—Lo sabías todo. A diferencia de ti, yo sí que puse toda la carne en el asador.

—¿Me reprochas mi hermetismo? —se inclinó hacia

delante y la cubrió con su enorme sombra–. No estoy
de acuerdo con eso. Hablábamos mucho.

Ella apoyó una mano sobre su pecho.

–Yo era quien hablaba. Tú no me decías nada. No
sabía nada de tus miedos, tus ilusiones, tu familia. No me
decías nada.

–Ahora estamos hablando. Dime. ¿Cuánto tiempo
llevabas acostándote con mi hermano cuando compartimos cama?

–A mí siempre me bastó con tu cama. No tenía que
buscar en otro sitio –Isabella se mordió el labio. No
debió hablarle de una manera tan explícita.

Los ojos de Antonio emitieron un destello incon-
fundible. Isabella sintió un nudo de tensión en el estómago. Era peligroso desenterrar esos recuerdos.

–Si era cierto eso, ¿por qué te fuiste con mi hermano a la primera de cambio? ¿Por qué no volviste a
California?

Isabella suspiró. Se había hecho esa misma pregunta muchas veces a lo largo de los tres meses ante-
riores.

–Debería haber vuelto a casa directamente, pero
pensaba que podíamos volver a estar juntos. Pensaba
que podíamos superar lo que había pasado.

Antonio la miró con ojos incrédulos.

–¿Superar el hecho de que te habías acostado con
mi hermano?

–¡Yo no sabía que era eso lo que creías! –gritó Isabella–. ¿Cómo iba a saberlo? No compartías tus sospechas con nadie. Yo no sabía nada. No me enteré de
las mentiras de Giovanni hasta hace tres meses.

Antonio arrugó los párpados. La impaciencia empezaba a hacer mella en él.

–¿Por qué pensaste que había terminado contigo? –le preguntó, aflojándose la corbata.

–Pensaba que habías encontrado a otra persona. Cuando la gente de seguridad me echó, traté de ponerme en contacto contigo. Bloqueabas todas mis llamadas. Fui a tu despacho, pero ni siquiera pude pasar de la puerta de entrada –se encogió de hombros–. Y llamé a Giovanni.

–¿Tenías su número? –Antonio apretó los dientes. Sabía que estaba siendo posesivo, pero la idea no le hacía mucha gracia.

–Le conté lo que había pasado y él me invitó a su casa –Isabella bajó la vista–. Pensaba que era mi amigo.

–Os llevabais muy bien cuando yo estaba presente.

–Giovanni se llevaba bien con todo el mundo. Pero yo no estaba interesada en él. Lo único que teníamos en común eras tú. Cuando hablábamos, siempre hablábamos de ti.

–¿Por qué siento escalofríos al oír eso?

–Yo no sabía cómo era vuestra relación, y cuando acepté su invitación pensé que solo sería un día o dos. Pensé que no tardarías en recapacitar. Seguí intentando contactar contigo, pero tú continuaste ignorándome.

Hubiera ido a buscarla, si no hubiera estado en casa de Gio... Pero ella se había delatado muy pronto.

–Y entonces, al tercer día de estar en casa de Giovanni, él me dijo que tú ya no le dirigías la palabra, que le habías sacado de tu vida por haber tomado partido.

–Le saqué de mi vida porque se acostó contigo.

–Como ya te he dicho, yo no sabía que era eso lo que tú creías. Me sentía muy culpable por haber provocado una disputa entre los dos hermanos.

–Así que decidiste arreglarlo quedándote con él, ¿no? ¿De qué iba a servir eso?

–Giovanni me dijo que ya se te pasaría, y yo le creí –sacudió la cabeza, consciente del error que había cometido–. Y, como una tonta, yo seguí insistiendo, tratando de contactar contigo. Él me dijo que no iba a recuperarte llorando en mi cama todas las noches. Me aconsejó que empezara a salir, que me lo pasara bien, que te recordara lo que te estabas perdiendo.

Eso lo había hecho muy bien. Recordaba con rabia todas esas noches, cuando llegaba a casa y la encontraba vacía, sabiendo que ella estaba en la cama de otro hombre.

–Salías con Gio todas las noches.

Ella asintió y se apoyó contra la ventana.

–Había muchas fotos vuestras en los periódicos todos los días.

–No quería ponerte celoso. Como no podía verte, ni hablar contigo, esa fue la forma que encontré para recordarte que aún seguía aquí.

–Claro. ¿Colgada del brazo de Gio todo el tiempo?

Isabella frunció el ceño.

–Yo no hacía eso.

–Con esos vestidos diminutos.

Isabella se sonrojó. Apartó la mirada y se volvió. Apoyó la espalda contra la ventana.

–Eso fue una mala idea.

–Eran los vestidos que Gio te compraba... Tú, que nunca aceptabas ninguno de mis regalos.

–No tenía nada que ponerme para esos eventos –masculló ella, apoyando las palmas de las manos sobre el cristal de la ventana.

–¿Y yo no te llevé a ningún otro sitio que no fuera la cama?

Ella levantó la vista repentinamente.

–¡Eso no es cierto! Nos lo pasamos muy bien explorando la ciudad. Llegué a ver Roma a través de tus ojos.

–Bueno, es evidente que eso no fue suficiente. Pero recuperaste el tiempo perdido yendo a todos los locales de moda.

–A mí no me interesaban esas fiestas, ni la gente. Prefería los sitios a los que íbamos solos.

Antonio la miró con ojos de escepticismo.

Al enterarse de que estudiaba Historia del Arte se había desvivido por llevarla a ver todas las exposiciones y colecciones de arte privadas. Había ignorado deliberadamente todas las invitaciones a cenas y eventos exclusivos porque no quería compartirla con nadie. La quería toda para él. Y por aquel entonces parecía que ella quería lo mismo. Nunca se había quejado, ni le había pedido que fueran a bailar, o a la discoteca. Gio era la única persona que les acompañaba de vez en cuando.

–Si algo de esto es verdad, ¿qué te hizo dejar a Gio?

Isabella apretó los labios.

–Me di cuenta de que Giovanni no era mi amigo. Atacaba cuando me veía más vulnerable.

Antonio esperó, pero ella no le reveló más detalles.

–Tendrás que ser un poco más explícita.

Isabella soltó el aliento lentamente.

–Me enteré de las mentiras que había difundido sobre mí. Yo no te fui infiel, y no sé por qué le creíste. Deberías haber venido a verme. Deberías haberme dicho algo acerca de tus sospechas.

Antonio sabía que ella tenía razón, pero también sabía qué hubiera pasado en ese caso. De haberla escuchado, hubiera aceptado su versión ciegamente, porque quería creer en ella. Quería estar con ella a cualquier precio. Incluso en ese momento su historia parecía plausible, aunque llevara al hijo de su hermano en el vientre.

–Pero tú me echaste a la calle –señaló la puerta de entrada con un gesto–. Mandaste a tus gorilas para que hicieran el trabajo sucio. Nunca pensé que fueras a escabullirte como un cobarde.

–¿Yo soy el cobarde? Fuiste tú quien echó a correr cuando me viste.

–¿Y por qué te sorprende tanto? Sabía que verte de nuevo destruiría todo lo que he conseguido hasta ahora.

–¿Y es por eso que tienes que volver a los Estados Unidos a toda costa? ¿Por qué tienes que irte tan rápido?

–Quiero irme a casa y empezar de nuevo. Quiero olvidarme de Italia y de todo lo que ha pasado aquí.

Sus palabras se le clavaron como un cuchillo.

–Quiero olvidarte.

Antonio se sintió como si acabaran de darle una puñalada.

No. No podía dejarla ir. Habían compartido el cielo y a partir de ese momento compartirían el infierno.

–No te voy a dejar –se detuvo frente a ella. La acorraló contra la ventana–. Te voy a hacer recordar lo que teníamos y te vas a arrepentir de haber hecho todo lo que hiciste para destruirlo.

Capítulo 5

EL BESO de Antonio fue ardiente, brusco, posesivo. Isabella sintió el embiste del placer y la temperatura de su piel subió unos cuantos grados de golpe.

El destello de luz que había hecho relampaguear esos ojos peligrosos había sido la única advertencia justo antes de sentir el roce de sus labios. Al principio no se había resistido. Pensaba que nunca volvería a tener la oportunidad de besarle, y sus besos eran tan mágicos como los recordaba.

Una ola de emociones arrebatadoras la sacudió de arriba abajo mientras respondía a las caricias de su boca, dura e implacable. Él sabía a poder, a sensualidad masculina. Una parte de ella quería rendirse. Su corazón latía locamente; sentía cosquillas en la piel.

Pero sabía que tenía que apartarse. Tenía que detenerle antes de que fuera demasiado tarde, romper el hechizo. Tenía que encontrar la manera de mantenerse lejos de Antonio.

Siguiendo un instinto primario, le mordió el labio inferior.

Antonio retrocedió. La marca roja en su boca debería haberla hecho sentir culpable, pero no fue así. Más bien sintió una extraña satisfacción. Él soltó el aliento bruscamente. Ella se atrevió a mirarle a los ojos.

Había un resplandor intenso en ellos. Isabella se daba cuenta de que había desatado algo que no sería capaz de controlar. Antonio se aplastó contra ella. Sus enormes brazos la encajonaban. Contuvo el aliento. Sentía los pechos apretados contra un pectoral de hierro. Él enredó las manos en su pelo. Le quitó el coletero y enredó los dedos en los largos mechones. No había escapatoria.

Poco a poco, fue venciendo su resistencia, metiéndole la lengua en la boca. Isabella se rindió y se relajó contra él. Se agarró de sus hombros como si necesitara algo que la mantuviera sujeta al mundo mientras todo daba vueltas. Empezó a acariciarle la espalda y le agarró la camisa. Cerró los puños.

El pecho de Antonio vibró con un gruñido de repente. Ella empezó a menear las caderas, moviéndose y frotándose contra él. Deslizó las manos sobre su pecho ancho y fornido. Le apartó la corbata y enredó los dedos en su pelo copioso. Le besó con frenesí, con ansia.

Antonio gimió de placer y le metió la lengua una vez más. Isabella abrió más la boca, invitándole a entrar más adentro. Él la dominaba y la conquistaba; la dejaba sin aliento. Se inclinó hacia delante y la atrapó con firmeza contra el cristal. Isabella quería sentir sus manos por todo el cuerpo, quería que le diera placer como solo él sabía. Empezó a frotarse contra su miembro erecto y grueso y jugueteó hasta que él la agarró de la cintura y la sujetó con fuerza. La fuerza y el tamaño de sus manos generaban un estímulo que se propagaba a lo largo de su espalda.

Apartándose de ella un momento, Antonio masculló algo en italiano contra su mejilla, pero Isabella no lo entendió. Ladeó la cabeza y empezó a deslizar la punta de la lengua sobre su cuello. Isabella le agarró un mechón de pelo y cerró el puño. Echó atrás la cabeza, facilitándole el acceso.

Mientras le acariciaba el cuello con los labios, Antonio empezó a palpar el dobladillo de su camiseta con las yemas de los dedos. Deslizó las palmas de las manos sobre su caja torácica. Isabella apoyó las manos sobre la ventana, arqueó la espalda y le empujó ligeramente con los pechos, ofreciéndoselos. Antonio empezó a acariciárselos por debajo.

Ella le agarró de la corbata, deshizo el nudo rápidamente y empezó a desabrocharle los botones de la camisa. Los dedos le temblaban, de pura excitación. Descubrió su torso musculoso y bronceado, agarró la camisa con ambas manos y le hizo acercarse más, hasta sentir el fino vello de su pecho contra los pezones. Gimió y, desesperada por sentir toda su piel, le quitó la camisa de los hombros. Lo quería todo de él.

—Di mi nombre —susurró él mientras le levantaba la camiseta.

—Anto... —Isabella frunció el ceño, momentáneamente confundida.

De repente entendió por qué le había pedido eso. ¿Acaso creía que estaba pensando en Giovanni? Contuvo el aliento contra sus labios. Una punzada de dolor reverberó en su interior. Estiró las manos sobre su pecho y trató de apartarle.

—¿Cómo te atreves? —susurró.

—Tenías los ojos cerrados. Y no decías nada. Solo quería asegurarme de que sabías a qué hermano estabas besando.

Isabella sintió un cosquilleo en las palmas de las

manos. Quería darle una bofetada. Se había rendido ante él. No había podido evitarlo. Consumida por la rabia, cerró los puños.

–Aléjate de mí.

Antonio ignoró su comentario y la agarró de las muñecas. Ella forcejeó, trató de soltarse, pero fue inútil. Él le levantó las manos por encima de la cabeza con facilidad. La mantuvo cautiva, a su merced.

Se apoyó contra ella, cuerpo contra cuerpo. Por mucho que intentara luchar, era en vano. Su aroma la envolvió sin remedio. Sus corazones latían en sincronía.

–¿Pensabas en él cuando me besabas?

–¡No! –se revolvió con fuerza, intentando soltarse.

Él capturó el lóbulo de su oreja con los dientes y la mordió.

–¿Él te besaba como yo? –le susurró al oído–. ¿Sabemos igual?

Un latigazo de ira recorrió a Isabella por dentro.

–Eres despreciable.

–¿Pensabas en mí cuando le tenías dentro?

–¡Basta!

Antonio apoyó la frente contra la de ella.

–Quiero borrarle para siempre –le confesó en un susurro atropellado–. Quiero llevarte a la cama y hacer que te olvides de Gio.

–No me voy a la cama contigo.

Él no dijo nada. Inclinó adelante la cabeza y empezó a besarla con dulzura a lo largo de la mandíbula. Isabella cerró los ojos.

–Lo digo en serio, Antonio. No me voy a acostar con un hombre que me desprecia tanto.

Sintió que sus labios esbozaban una sonrisa.

–Bella, los dos sabemos que eso no es verdad.

La miró a los ojos.

–Solo tengo que decir una palabra, y te rendirás ante mí por completo.

Isabella sintió un escozor en la piel.

Antonio reclamó su boca. Le dio un beso feroz y, justo cuando creía que ya no podría aguantar más, él atrapó su lengua.

Isabella jadeó. Un cosquilleo se propagó por su pelvis y la hizo estremecerse.

–Muy bien –susurró él contra su boca–. Debes de haber aprendido mucho en la cama de mi hermano.

Ella se volvió bruscamente y esquivó sus labios.

Ojalá hubiera podido esquivar sus palabras también. No podía protegerse contra esa rabia, contra esas acusaciones. Quería acercarse lo bastante para hacerla sentir su dolor, pero él mismo estaba cayendo en su propia trampa, y aunque la tratara como al enemigo, no podía dejar de aferrarse a él.

–Podría hacerte mía aquí mismo, contra esta ventana, pero no sé qué nombre gritarás.

Isabella se encogió. Quería vengarse desesperadamente, compararle con su hermano sin piedad, gritar el nombre de Giovanni. Quería herirle sin remedio, para siempre.

Pero no podía. El tormento de él era el suyo propio. Seguía enamorada de Antonio Rossi y le había causado mucho dolor. No podía perdonarse por ello.

–¿Has terminado tu escenita? –le preguntó finalmente, reprimiendo las lágrimas–. Estoy cansada y quiero irme a la cama. Sola.

–No tienes que preocuparte por eso, Bella –Antonio la soltó lentamente y retrocedió–. Lo que teníamos era bueno, pero nunca he estado interesado en las sobras de mi hermano.

Isabella se apartó de él de golpe. Sus movimientos eran torpes, atropellados. Cruzó la habitación y recogió su mochila. Quería seguir, salir de la habitación, salir de la vida de Antonio.

–Si se te ocurre huir, te traeré de vuelta a rastras si es preciso. Llevas al heredero de la familia Rossi ahí dentro.

Isabella dio media vuelta y le fulminó con la mirada. Todavía tenía la camisa desabotonada, el pelo alborotado, pero seguía siendo impresionante, intimidante.

–Yo te quería –le dijo con resentimiento.

Antonio no mostró signo alguno de sorpresa. Parecía que le daba igual.

–Estaba loca y estúpidamente enamorada. Por eso dejé a un lado mi futuro.

–Yo nunca te pedí que lo hicieras.

–Cambié el curso de mi vida para estar contigo –dijo ella, caminando hacia la puerta–. Y, en este momento, me arrepiento profundamente de haberlo hecho.

Los ojos de Antonio brillaron con rabia.

–Te arrepientes de haberte dejado pillar. No esperabas que Gio me dijera la verdad.

–Me arrepiento de haberte conocido. Has sido el error más grande de mi vida. Pero no tienes de qué preocuparte, Antonio. Yo aprendo de mis errores y nunca vuelvo a cometerlos.

Capítulo 6

LAS MAÑANAS eran lo peor.

Isabella gimió al tiempo que se sentaba en el suelo del cuarto de baño. Estiró las piernas sobre el frío linóleo. Tenía que levantarse y vestirse.

Lo único que quería era quedarse allí sentada hasta que se le asentara el estómago, pero no tenía tiempo. ¿Cómo iba a aguantar nueve meses de embarazo? ¿Cómo iba a aguantar toda esa mañana en el trabajo? Otra pregunta se coló en su cabeza. ¿Cómo iba a ser madre?

Un dolor intenso se diseminó por su pecho. Tenía miedo de pasar por todo aquello sola. No estaba lista para ser madre soltera. Siempre había pensado que algún día tendría hijos, pero en un futuro lejano. Para el presente siempre tenía otros planes, metas que se había propuesto conseguir. Se lo había prometido a su madre.

Cerró los ojos. Si hubiera estado viva, la noticia la hubiera mandado de vuelta a la tumba. Antes de caer enferma, Jody Williams había hecho todo lo posible para darle a su hija las oportunidades que no había tenido de joven. Isabella recordaba todas aquellas letanías de consejos y advertencias.

«Termina la universidad antes de tener un hijo. Nunca confíes en un hombre. Protégete...».

En aquella época, Isabella pensaba que su madre estaba amargada, harta del mundo, pero su negatividad era más que comprensible. Los sueños de su madre se habían visto truncados en la adolescencia por culpa de una maternidad inesperada. Todo el mundo le había dado la espalda. El primero en abandonarla había sido el padre de su hija.

«Aléjate de los ricos», solía decirle con frecuencia. «Tienen tanto donde elegir que no saben cómo comprometerse con nada».

Isabella se secó una lágrima en la comisura del ojo. Estaba segura de que nada podría desviarla del camino que la llevaría a cumplir sus objetivos. Ningún hombre podría ser un obstáculo para ella, o eso solía pensar... Había sido tan arrogante, tan inocente. Pero ya no podía seguir pensando en esas cosas. Tenía que ser tan fuerte y tenaz como lo había sido su madre.

Se puso en pie lentamente. Las piernas le temblaban. El estómago le daba vueltas. Trató de ignorarlo desesperadamente. Se agarró del borde del lavamanos, abrió el grifo y se enjuagó la boca. Se echó un poco de agua en la cara y se miró en el espejo.

Tenía el pelo apelmazado, sin vida, nada que ver con aquella melena que solía llevar en el pasado. Estaba pálida. Tenía los ojos mustios y los labios sin color. Una tensión permanente contraía sus rasgos. Era un desastre. Le llevaría horas conseguir una apariencia presentable, normal. Pero todavía le llevaría mucho más tiempo sentirse de esa manera.

Las náuseas eran más fuertes que nunca esa mañana. Agarró una toalla. ¿Era por la falta de sueño? ¿Por el estrés? ¿Por qué tenía que ser precisamente ese día, cuando se tenía que enfrentar a Antonio, cuando tenía que pedirle el billete de avión? No podía mostrar debilidad alguna delante de él.

—¿Bella?

Al oír esos golpes autoritarios en la puerta, una ola de pánico la bañó por dentro. No podía entrar allí. No podía verla de esa manera. Bella se incorporó al tiempo que Antonio entraba en el dormitorio.

Cerró la puerta del cuarto de baño de un portazo, pero ya era demasiado tarde. Él la había visto. Se había parado a medio camino al verla en camiseta y braguitas.

—¿Por qué te escondes en el baño?

—No me he vestido.

—Ya me he dado cuenta —su voz sonaba tan cerca que Isabella se dio cuenta de que estaba justo al otro lado de la puerta—. Pero te he visto con mucha menos ropa. Sal.

—No —dijo ella, apoyando la cabeza contra la puerta. Luchaba con todas sus fuerzas para no desplomarse en el suelo.

Su propio cuerpo la estaba castigando por ese movimiento tan repentino, el golpe de pánico.

—¿Esto es por lo de anoche?

—A lo mejor —respiró varias veces, pero las náuseas no se fueron.

—Ya te lo dije. No estoy interesado en las sobras que dejó mi hermano.

—Sí —dijo ella, tragando con dificultad—. Me lo dejaste muy claro anoche.

Antonio suspiró e Isabella se lo imaginó pasándose la mano por el cabello.

—Tenemos que ver al médico dentro de una hora.

—Eso no es necesario. He ido al médico hace poco y todo está bien.

—Puede que tú estés satisfecha con eso, pero yo

quiero una segunda opinión. ¿Por qué no ibas a querer visitar la consulta de uno de los obstetras más reputados de Italia?

Isabella dejó caer los hombros, derrotada.

—Estaré lista enseguida.

—Tienes que desayunar.

Nada más oír eso sintió arqueadas. Tuvo que toser para disimular.

—No, gracias. No tengo hambre.

—Entonces tómate una tostada sin nada por lo menos. O un capuchino.

Isabella hizo una mueca al imaginarse la bebida con leche.

—¿Bella? —Antonio giró el picaporte.

—Estoy bien —dijo ella con urgencia.

Le daba igual todo. Lo único que quería era que se fuera. Cuanto menos discutiera con él, menos tardaría en marcharse.

Contuvo las náuseas lo mejor que pudo. Los escalofríos eran cada vez más violentos. Por suerte, no tardó en oír los pasos de Antonio, alejándose. Cuando le oyó cerrar la puerta del dormitorio, corrió hacia el váter y vomitó.

Un segundo después se desplomó junto al urinario. Si Antonio hubiera sabido que estaba enferma, no la hubiera dejado en paz. No podía permitir que la viera así. Ya no era su amante. Se había convertido más bien en una pesada carga, un inconveniente, un obstáculo. Era la razón por la que no podía heredar lo que le correspondía. Si le mostraba una mínima grieta en su armadura, si le dejaba ver su talón de Aquiles, Antonio lo aprovecharía a su favor. Esa era su naturaleza.

Tenía que salir de allí lo antes posible.

«Y lo haré en cuanto haya visto al médico», pensó, abriendo el grifo de la ducha. Les pediría a los abogados que le prepararan el pasaporte y que le consiguieran el billete de avión. Ya no soportaba estar más tiempo al lado de Antonio, sobre todo después de lo ocurrido la noche anterior. A lo mejor no sospechaba nada en ese momento, pero no tardaría en darse cuenta de que él era su única debilidad, y usaría esa información sin piedad para conseguir lo que quería.

Débil y temblorosa, tardó bastante en prepararse. Se recogió el pelo húmedo en una coleta y se puso una sencilla camiseta gris, vaqueros y unos zapatos planos. Mirándose en el espejo, se preguntó cómo se había fijado Antonio en ella aquel día. Nunca había sido guapa, ni sexy. No había nada especial en su apariencia. No tenía nada que ofrecerle a un hombre rico y de mundo, como Antonio Rossi.

A lo mejor se había acostado con ella porque era distinta a todas esas mujeres de las que solía rodearse. Comparada con esas criaturas celestiales, ella sí que parecía pertenecer al mundo real. Agarró su mochila y cruzó el dormitorio.

O quizá solo se había acostado con ella porque le había dejado claro su interés en él desde un primer momento. Eso era lo más probable. Abrió la puerta de golpe y casi se cayó para atrás al ver a Antonio justo delante de ella.

—Toma. Cómete esto —le dijo, dándole una tostada.

Isabella echó atrás la cabeza. El pan no le abrió el apetito.

—Iba hacia el comedor.

—Y allí habrías encontrado una excusa para no desayunar. Sé que no me crees, pero te vas a sentir mejor en cuanto hayas comido.

En otra época se hubiera alegrado de ver que Antonio la conocía tan bien, pero en ese momento eso la hacía sentir más vulnerable que nunca. Le quitó la tostada de las manos. Tenía que escoger muy bien las batallas que podía librar. No podía permitirse el lujo de discutir con él sin tener el billete de avión en la mano.

Miró la tostada con vacilación. Le miró a él.

—¿Vas a quedarte ahí parado mirándome mientras como?

—Solo así sabré que te lo has comido.

Isabella frunció el ceño. ¿A él qué más le daba si comía o no?

—Sé cuidar de mí misma.

—Ya tuve que recogerte del suelo una vez —le dijo él, cruzando los brazos, como si se estuviera preparando para la pelea—. No quiero que se convierta en una costumbre.

—Eso no pasará —se inclinó contra la pared y empezó a comer la tostada. Odiaba ser un estorbo, o peor, una obligación. Estaba acostumbrada a solucionar problemas por sí misma y se apresuraba a pagar cualquier favor o deuda. No le gustaba aceptar la caridad de nadie y no iba a empezar a hacerlo en ese momento.

—¿Puedes darme la dirección del médico? —le preguntó a Antonio, esquivando su mirada.

—No hay necesidad. Te llevo yo mismo.

Isabella casi se atragantó con el pan.

—¿Por qué? Solo es un reconocimiento sencillo y un análisis de sangre. No hace falta que vayas.

—¿Por qué te molesta tanto? —le preguntó él, arrugando los párpados—. ¿Tienes algo que esconder?

–No, pero no necesito que me vigilen como a una presa.

–Tendremos que hacer un test de ADN para demostrar la paternidad.

–Yo firmaré los papeles y el laboratorio te mandará los resultados –le prometió ella, terminándose la tostada–. ¿O es que crees que voy a amañar el procedimiento?

–¿Siempre sospechas tanto cuando alguien trata de ayudarte?

–Sí –le dijo ella. La experiencia le había enseñado que nadie ofrecía ayuda sin un motivo oculto. La última vez que había aceptado la ayuda de alguien se había convertido en una ficha más en el tablero de juegos de Giovanni.

Antonio dio un paso adelante.

–Bueno, en ese caso será mejor que te vayas haciendo a la idea, porque a partir de ahora voy a estar contigo a cada paso que des.

Isabella podría habérselo tomado como una amenaza, pero en realidad lo percibió como una promesa.

–Ambos sabemos que eso es lo último que quieres hacer –murmuró.

–Llevas al heredero de la familia Rossi –señaló su vientre–. Eso me preocupa tanto como a ti.

Isabella se rodeó el vientre con los brazos de forma automática.

–No querrás tener nada que ver conmigo o con mi hijo. Crees que este bebé es la prueba de que te engañé.

–No culparía a un niño por los errores de sus padres.

Isabella se quedó quieta. Las palabras de Antonio se le clavaron dentro. Respiró hondo.

–No estoy dispuesta a ponerte a prueba.

Antonio apoyó las palmas de las manos contra la pared. Una oscura energía los envolvió a los dos.

–¿Crees que sería capaz de maltratar a un niño? –le preguntó en un tono mordaz.

A Isabella el instinto le decía que no. Sabía que Antonio usaría todo su poder y recursos para proteger al niño. Pero se trataba del hijo del Giovanni. No sabía mucho acerca de la relación entre los dos hermanos, pero sí sabía que era una historia llena de dolor y traición. ¿Podría Antonio separar lo que sentía por su hermano de lo que sentía por el bebé?

–No lo sé –admitió ella, ladeando la cabeza y sosteniéndole la mirada–. Nunca te he visto con niños.

–Yo tampoco te he visto a ti –dijo él, inclinándose hacia ella–. Pero sé lo bastante sobre ti como para saber que serías una buena madre. No necesito un análisis de sangre para saber que ese niño es mi familia.

Familia. Ella siempre había querido que su hijo creciera en un ambiente de cariño, rodeado de afecto incondicional. Su madre le había dado esas cosas, pero sí había habido veces en que añoraba la aceptación de la familia que la rechazaba. En ocasiones se preguntaba qué había hecho mal para que sus familiares le negaran el amor y la aprobación que tanto necesitaba.

–Yo cuido de mi familia –dijo Antonio. Su voz sonaba alta y clara–. Y me voy a ocupar de este niño.

Isabella parpadeó lentamente mientras le escuchaba hablar. ¿Por qué quería al niño? Nunca hubiera esperado algo así de él. Su propio padre la había abandonado antes de nacer. Giovanni había reconocido al niño solo para hacerle daño a su hermano... ¿Qué esperaba sacar Antonio de todo aquello? Fuera lo que fuera, no podía permitirse el lujo de pagar un precio tan alto.

—Mi bebé no necesita tu apoyo económico –dijo ella. Trató de apartarse, pero Antonio le puso una mano en el hombro y la hizo detenerse.

—No se trata solo de dinero. Algún día tu hijo estará el frente del imperio Rossi. Será parte de este mundo. Me necesita –le dijo, retirándola–. A no ser que creas que estás a la altura de las circunstancias.

Isabella sintió el ardor del rubor en las mejillas. Ella no era más que una forastera, mientras que la familia de Antonio era la flor y nata de la alta sociedad.

—¿Y quién dice que mi hijo querrá ser parte de este mundo?

—Eso debería ser decisión suya, no tuya. Pero va a necesitar apoyo desde el principio. Tendrá que ir a buenos colegios...

—Yo puedo darle todas esas cosas. No soy una desventaja para mi propio hijo –le dijo. La voz le temblaba, pero no era capaz de controlarlo.

Antonio la agarró de la barbilla y la obligó a mirarle a los ojos.

—Tu bebé ya tiene mucha suerte de tenerte como madre –le aseguró en un tono dulce–. Eres una persona muy cariñosa, protectora.

—Pero tú piensas que no voy a poder darle a este niño una vida digna de un heredero de los Rossi, ¿no?

Antonio bajó las manos y dio un paso atrás.

—Ahí es donde yo puedo ayudarte.

Aquello era demasiado bueno para ser cierto. Tenía que haber algún inconveniente escondido en la oferta.

—¿Por cuánto tiempo? ¿Hasta que ya no te interese más? ¿Hasta que tengas una familia propia?

Isabella sabía que tenía una nueva novia. Con solo pensar en ella, sentía un profundo dolor. Había visto muchas fotos de ella. Era preciosa, pertenecía a una notable familia italiana.

–Estoy comprometido a seguir en la vida de este niño, a partir de este momento. Siempre que se me necesite, ahí estaré.

–Antonio, tú no sabes lo que es el compromiso.

–¿Cómo puedes decir eso? Siempre he cumplido con mis obligaciones. Tengo un deber para con...

Ella levantó una mano y le hizo detenerse.

–Yo no soy una obligación para ti y no tienes ningún deber para con mi hijo. Yo soy la única responsable de mi bebé y no quiero tu ayuda.

Antonio se encogió de hombros con arrogancia.

–Qué pena, porque ya la tienes.

–La ayuda que tú me vas a dar será más bien dominación e influencia.

Al recordar lo que le había dicho el día anterior se detuvo.

«No tienes ningún derecho sobre mí o sobre mi hijo».

Se trataba de eso precisamente. Isabella cerró los ojos. Una ola de rabia la empapó por dentro. ¿Cómo no se había dado cuenta antes?

–Quieres controlar el dinero y el poder que Giovanni me ha dado.

–No –dijo él entre dientes.

–¿Tienes miedo de que despilfarre la fortuna familiar? ¿O acaso temes que abuse de mi poder? –sacudió la cabeza–. No te preocupes. Yo no pedí esta clase de responsabilidad. Ni siquiera la quiero. Pero voy a hacerlo para proteger los intereses de mi hijo.

–Si no quieres esa responsabilidad, yo puedo ayudarte con ello. Si las pruebas demuestran que Gio es el padre, te daré una jugosa suma de dinero si renuncias a tus derechos sobre el imperio Rossi. Tendrás millones de dólares en tus manos en un abrir y cerrar de ojos y no tendrás que tomar ninguna decisión en el negocio.

–Y tú no tendrás que ocuparte de mí y de este bebé.

Antonio hizo todo lo posible por contener la furia que amenazaba con consumirle de un momento a otro.

–Mi compromiso contigo y con el bebé permanece igual.

–Es una oferta tentadora –dijo ella, exagerando la cortesía–. Pero tendré que pensármelo.

Le dio la espalda.

–¿Comprometido? Sí, claro.

–¿A qué ha venido eso? –le preguntó Antonio desde detrás. Podía sentirle muy cerca. Podía sentir su calor, su fuerza envolvente.

Isabella sabía que debía dejarlo pasar, pero la rabia no hacía más que crecer. Se dio la vuelta lentamente, preguntándose si era la maniobra más adecuada. Se enfrentó a él.

–Creo que tu definición de compromiso es muy distinta a la mía. No eras capaz de comprometerte conmigo, ¿y ahora me dices que tienes un compromiso de por vida con este niño?

Antonio apretó los dientes. Un músculo tembló en su mandíbula.

–¿Cuestionas mi habilidad para comprometerme cuando fuiste tú quien me engañó? –su voz áspera era casi un susurro.

–Yo no te engañé –dijo ella, con un suspiro–. Pero

eso no importa. Si a Giovanni no se le hubiera ocurrido esa historia, estoy segura de que hubieras encontrado otro motivo para echarme a la calle.

Los ojos de Antonio se oscurecieron de repente.
Una tensión profunda vibró a su alrededor.

—Eso no es cierto.

—Sí que lo es. A los hombres como tú no les gustan
las relaciones —ya se lo habían advertido, pero ella no
había escuchado.

—¿Los hombres como yo?

—Tienes dinero, poder, y mucho donde escoger.

Ella, en cambio, no tenía nada que ofrecerle para
hacerle quedarse.

—¿Para qué comprometerse con algo cuando seguro
que hay algo mejor y más emocionante esperando a la
vuelta de la esquina?

Antonio la agarró de la muñeca y la atrajo hacia sí.

—Yo te quería a ti y solo a ti.

Isabella le creyó. Pero también creía que ese senti-
miento solo había durado un tiempo.

—¿Y qué le parece eso a tu prometida? —le preguntó, zafándose de él con brusquedad.

—De eso se trata entonces, ¿no? —Antonio soltó el
aliento y se frotó la cara—. Déjame decirte, Bella, que
no estoy prometido con nadie.

—Bueno, eso no es más que un tecnicismo, ¿no? —le
preguntó ella, frotándose la muñeca.

Odiaba sentir cómo se le aceleraba el pulso, cómo
le ardía la piel al notar el tacto de sus manos.

—Todavía no les has puesto un anillo en el dedo,
pero ya hay un acuerdo.

—Estaba prometido, pero eso fue antes de conocerte.

¿Había estado prometido entonces?

Isabella acababa de enterarse.

–¿Con la mujer que mencionaban en las noticias? ¿Aida?

Antonio asintió.

–Sus padres eran buenos amigos de los míos. Iba a ser un matrimonio de conveniencia.

Isabella abrió la boca, estupefacta.

–Pero ¿por qué ibas a hacer algo así?

–Veníamos del mismo mundo, teníamos los mismos intereses, y el matrimonio hubiera sido ventajoso para las dos familias. Aida hubiera sido una buena esposa.

–Si era un enlace tan bueno, ¿por qué no os casasteis?

Antonio se frotó la nuca y apartó la mirada.

–Antes de anunciar el compromiso, Aida me dijo que no podía casarse conmigo, porque estaba enamorada de Gio.

–Oh –Isabella abrió los ojos–. ¿Es por eso que os distanciasteis?

Antonio sacudió la cabeza.

–Gio nunca lo supo, por suerte. Él no tenía ningún interés en Aida. Para él era poco menos que invisible.

–Lo siento.

–¿Por qué? Yo no estaba enamorado de Aida, pero me hubiera tomado muy en serio mis votos matrimoniales. Sé cumplir con un compromiso –dio un paso atrás y miró el reloj–. Eso es todo lo que necesitas saber.

–No. No lo es –dijo ella, exasperada.

Aquello era típico de Antonio. Cuando se adentraba en un terreno incómodo, zanjaba la conversación de golpe.

–Permíteme dejarte las cosas claras –dijo él en un tono seco–. Me trae sin cuidado que aceptes o renuncies a la herencia. Este sigue siendo el bebé de Gio y voy a ser parte de su vida. Más vale que te hagas a la idea lo antes posible.

La situación empezaba a complicarse por momentos. Las paredes blancas de la consulta del médico parecían acercarse cada vez más. El espacio parecía encoger a su alrededor. Antonio tenía las manos frías. Sentía una presión en el pecho. Quería alejarse, pero no podía.

Estaba junto a la puerta, de brazos cruzados. El sonido amplificado de los latidos del corazón del bebé llenaba la sala de ecografías. Observaba a Isabella con atención. Ella escuchaba en silencio. Su rostro tenía un rictus cálido, suave. Estaba oyendo a su bebé.

La técnica le invitó a entrar, pero Antonio rehusó con un gesto. No se movió ni un milímetro. Sentía que no debía estar allí. Era un intruso. No debía participar de ese momento tan íntimo. Había prometido cuidar de Isabella y de su hijo, pero eso significaba sustituir a su hermano... otra vez.

Además, ella le había dejado claro que no le quería a su lado, pero no iba a renunciar a la fortuna, así que no le quedaba más remedio que casarse con ella. Podía hacer que se enamorara de él, pero eso no sería suficiente. Tenía que demostrarle que podía aceptar a ese niño como si fuera propio.

–Todo está bien y el bebé tiene un latido fuerte –dijo la técnica al tiempo que Isabella se levantaba de la silla–. Puede vestirse ya, y vaya al laboratorio para que le hagan un análisis de sangre.

–¿Cuándo estarán los resultados? –preguntó Antonio.

–Les diré que se den prisa –la técnica caminó hacia Antonio–. Pero puede llevar hasta una semana.

Una semana era demasiado tiempo.

Haciendo caso omiso de la mirada coqueta que le lanzaba la mujer, Antonio le dio las gracias, cerró la puerta de la sala y, justo cuando iba a darse la vuelta, oyó un suspiro de Isabella.

–Es por esto que quería venir sola a esta cita con el médico.

–¿Por qué? –le preguntó, observándola mientras bajaba las piernas de la mesa de reconocimiento–. ¿Qué he hecho?

–La técnica te estaba haciendo más caso a ti que a la ecografía.

–Exageras –dijo él, sorprendido.

Isabella no era de las que se ponían celosas, pero él tampoco le había dado motivos para preocuparse. Su adoración por ella siempre había sido dolorosamente evidente en todo momento.

–Voy a vestirme –dijo ella, bajando de un salto. El vestido de papel que llevaba puesto hizo un ruido de fricción.

Antonio sacó el teléfono móvil de la chaqueta y se inclinó contra la puerta. Miró unos cuantos mensajes y entonces volvió a levantar la vista. Isabella no hacía más que dar golpecitos en el suelo con los pies. Tenía las manos apoyadas en las caderas.

–Si no te importa, necesito algo de privacidad.

Él arqueó una ceja. ¿Era esa la misma mujer que una vez le había hecho un striptease increíble?

–Estás de broma, ¿no?

Ella le fulminó con la mirada.

–¿Puedes darte la vuelta por lo menos?

–No –dijo él. Se guardó el teléfono y cruzó los brazos.

Debería haberse comportado como un caballero, pero no quería serlo. No quería ser un mero conocido, un extraño, para ella. En otra época habían sido amantes, y quería recordárselo en cada momento.

–Muy bien. Sujétame esto mientras me visto –le dio la hoja de la ecografía.

Antonio miró la imagen en blanco y negro.

Era el bebé de Gio.

Apretó los bordes del papel y se preparó para recibir la cuchillada de dolor. Sin embargo, lo único que sintió fue curiosidad, arrepentimiento. Ese bebé podría haber sido suyo.

¿Qué clase de padre hubiera sido su hermano? ¿Hubiera sido autoritario y rígido como el suyo propio, o se hubiera convertido en un padre ausente? Probablemente no hubiera sido capaz de ofrecerle mucha estabilidad a ese niño. Los playboys como él nunca estaban dispuestos a renunciar a su estilo de vida para responsabilizarse de un niño.

–¿Pasa algo? –preguntó Isabella de repente.

Antonio se dio cuenta de que llevaba un buen rato contemplando la imagen.

–Creo que es una niña.

–No he preguntado el sexo del bebé –dijo Isabella. Se dio la vuelta y caminó hasta la silla donde estaba la ropa–. Lo único que me importa es que esté sano.

Antonio no pudo evitar mirar el vestido de papel cuando cayó al suelo. Se fijó en sus pies descalzos y siguió subiendo con la mirada. Quería memorizar cada detalle, cada contorno de su cuerpo, pero sabía que eso era peligroso. Si lo hacía, estaba perdido para siempre.

–¿Tu asistente me consiguió el billete? –le preguntó ella, poniéndose las braguitas.

El algodón barato se le pegaba a las caderas y Antonio no podía pensar en otra cosa que no fuera bajárselas lentamente, deslizarlas sobre sus muslos hasta llegar al suelo.

–¿Billete de avión? –repitió, sorprendido.

–Para irme a Los Ángeles –le aclaró ella, subiéndose los tirantes del sujetador–. Ese era el trato.

Los músculos de su espalda se movían de manera sinuosa mientras se abrochaba la prenda.

Antonio se aclaró la garganta.

–Eso fue antes de saber que estabas embarazada de Gio.

Ella le miró por encima del hombro.

–Un trato es un trato.

Podía haberse puesto a discutir con ella. Podría haberle dicho que le había ocultado una información importante, pero, en vez de eso, no podía dejar de mirarla, embelesado, mientras se ponía los vaqueros.

–Espera a que estén los resultados, ¿no? –le sugirió.

Nada más decirlo, no obstante, se dio cuenta de que no era una buena idea. Lo mejor era tenerla lejos cuanto antes.

–No hay necesidad –dijo ella, poniéndose la camiseta rápidamente–. Ya sé qué van a decir los resultados.

–Pero no sabes qué quieres hacer. Si quieres mantener tus derechos sobre la fortuna de los Rossi, tienes que aprender algo del negocio también. Y para eso tienes que quedarte.

–Y tú me vas a enseñar. ¿No es eso? –le preguntó, alisándose el borde de la camiseta–. ¿Y a mi hijo también? Así podrás ejercer tu influencia aunque no tengas todo el poder.

Antonio apretó los dientes.

–Tu hija necesita crecer aquí en Roma. Tiene que entender de dónde viene, quién es su familia. Solo así sabrá qué hacer cuando le toque estar al frente del negocio familiar.

–¿Sus raíces? ¿Necesita conocer sus raíces?

–Solo podrá hacerlo si está con la familia que le queda.

–Es un buen punto –dijo ella, manteniendo la vista fija en el suelo–. Tengo que pensarlo.

–Piénsalo aquí.

–Me quedaré hasta que me den los resultados –le dijo ella, asintiendo.

–Muy bien –Antonio sintió alivio.

Disponía de una semana para seducirla, pero la haría caer mucho antes.

Isabella agarró la foto de la ecografía.

–En cuanto terminemos aquí, me voy a un hotel. No tengo dinero ahora, pero a lo mejor puedo conseguir algo con los abogados que se ocupan del testamento.

–No me importa que te quedes en mi apartamento.

–No quiero aprovecharme de tu hospitalidad. Creo que ya me he quedado demasiado tiempo.

–En absoluto. No estaré en Roma hasta finales de semana. Tengo cosas que hacer en París –le dijo, mintiendo.

Isabella se mordió el labio inferior.

–No sé...

–Quédate. Insisto. No me quedaré tranquilo si no sé que estás bien y segura durante mi ausencia.

–Muy bien. Gracias –dijo ella con una sonrisa de agradecimiento–. Cuando vuelvas, ya habré tomado una decisión.

Capítulo 7

CINCO días más tarde Isabella estaba en la mansión de Maria Rossi, situada a las afueras de Roma. Sentada en el borde de un enorme sofá, aceptó en silencio la taza de porcelana fina que le ofrecían. La taza repiqueteó un poco contra el platito. Isabella hizo una mueca.

«Que no se te caiga», pensó.

El juego de té parecía haber costado una pequeña fortuna. La alfombra que tenía bajo los pies tenía que ser obscenamente cara. No hacía falta ser un experto en antigüedades para saber que nada en esa habitación tenía precio. Tenía que mantener las manos quietas sobre el regazo para no hacer movimientos bruscos.

La madre de Antonio era una compañía extraña en esas circunstancias. Maria llevaba un vestido de seda y joyería con perlas, mientras que ella llevaba una falda vaquera barata y una camiseta de algodón. Todavía podía sentir la mirada despreciativa que el mayordomo le había dedicado a su llegada. Aguantó las ganas de tirarse de la falda, que le quedaba varios centímetros por encima de la rodilla. No sabía muy bien cuál era el protocolo para el té, así que esperó a que la mujer bebiera un sorbo antes de hacerlo ella misma.

—Le agradezco mucho que me haya invitado a su

casa, señora Rossi –dijo Isabella, con la esperanza de terminar con la situación lo antes posible–. ¿A qué debo el honor?

–Por favor, llámame María.

Si era tan amable, era porque debía de querer algo. Isabella sintió una punzada de culpabilidad. No sabía nada de María Rossi. A lo mejor era una buena mujer que se había convertido en una leona cuando su familia se había visto amenazada. No era muy probable, pero cualquier cosa era posible.

–Debe de ser algo importante –añadió Isabella–. Sé que no recibe visitas cuando está de luto.

–Esto no es una visita –le dijo María–. Eres prácticamente de la familia.

Sin saber muy bien qué contestar, Isabella sonrió y miró a su alrededor. Los ojos casi se le salieron de las cuencas cuando reconoció un cuadro que había estudiado en sus clases de historia del arte.

Apretó los puños con fuerza. Nunca había visto un caserón como ese, ni siquiera cuando limpiaba casas con su madre. La hacía sentir incómoda, nerviosa.

–Tengo entendido que te has hecho una prueba de ADN para determinar la paternidad, ¿no?

Isabella volvió a mirar a la madre de Antonio lentamente.

–Solo fue un mero formalismo.

Todavía le dolía el hecho de haberse visto obligada a hacerse el análisis. Ella no era una cualquiera. Sabía quién era el padre de su bebé.

–¿Ya has recibido los resultados?

Isabella miró a María con unos ojos penetrantes. Había recibido la llamada esa misma mañana y una hora más tarde la habían llamado de la casa de los

Rossi. Eso no podía ser casualidad. Probablemente Maria sabía el resultado desde mucho antes.

–Sí.

–¿Y? –Maria la instó a hablar mientras tomaba otro sorbo de té.

Isabella respiró hondo, consciente de que Maria iba a ser parte de su vida, le gustara o no.

–Giovanni es el padre.

Para sorpresa de Isabella, los ojos de Maria se empañaron. Una sonrisa triste apareció en sus labios.

–Es una pena que nunca vaya a poder ver a su hijo –le dijo con suavidad.

Isabella trató de tener presente que se trataba de una mujer que sufría por la muerte de un hijo. Maria había sido cruel e hiriente con ella, pero estaba afligida. Isabella recordaba lo que había sentido cuando había muerto su madre, así que trató de buscar compasión.

Por lo menos aún le quedaba Antonio. Maria Rossi tenía más familia en la que apoyarse.

La señora recuperó la compostura rápidamente y bebió otro sorbo de té.

–¿Algo más? –le preguntó.

Isabella no sabía muy bien qué le estaba preguntando. ¿Acaso sabía algo que ella no supiera?

Se encogió de hombros.

–Antonio cree que es una niña.

–Solo me guió por la ecografía –dijo Antonio, entrando de repente en la habitación.

Isabella sintió que el corazón le daba un vuelco al oír su voz profunda. Se dio la vuelta y le vio avanzar hacia ella. Era una visión imponente. Derrochaba confianza y energía. Iba vestido de manera informal, con unos vaqueros desgastados y una camisa de manga larga, pero aun así parecía que gobernaba el mundo.

Isabella no sabía por qué reaccionaba de esa forma al verle. Solo habían pasado cinco días. No era que llevara tiempo sin tener contacto con él. La había llamado por teléfono todos los días, le mandaba enlaces a páginas web sobre maternidad y salud, y esa misma mañana se había enterado de que le había pedido consejo al médico acerca de las náuseas matutinas que tanto la debilitaban.

Esa versión de Antonio Rossi era totalmente nueva para ella. Era algo que nunca hubiera esperado.

Le vio saludar a su madre con un rápido beso en la mejilla y entonces se puso serio de repente. Isabella se dio cuenta de que había visto la foto de Giovanni junto a la silla de Maria.

Era su hermano.

Quería ofrecerle consuelo, pero él era demasiado orgulloso como para aceptarlo. Hubiera hecho cualquier cosa, no obstante, por aliviarle el peso del dolor.

Isabella cerró los ojos. La verdad la golpeó de inmediato. Todavía estaba enamorada de él. Nunca había dejado de quererle. Perderle casi la había llevado a la locura y por eso había pasado meses de desesperación, intentando reconciliarse con él.

Quería ser práctica. Se había esforzado por seguir adelante, pero no podía extinguir esa llama de esperanza.

Se frotó las sienes un momento e intentó aliviarse el dolor de cabeza. Se preguntó si alguna vez aprendería la lección. Debía mantener las distancias. No podía empezar de nuevo con él. No importaba lo mucho que se desearan, o lo mucho que le amara. Él seguiría creyendo que le había sido infiel.

–¿Qué estás haciendo aquí? –le preguntó.

Antonio se volvió hacia ella. Su mirada descendió un momento y volvió a subir hasta sus ojos.

–Iba a hacerte la misma pregunta.

–Yo la invité a tomar un té –le explicó Maria–. Me ha dicho que los resultados de la prueba de paternidad han llegado ya y que Gio es el padre.

Isabella vio que madre e hijo intercambiaban miradas cómplices, pero no supo muy bien qué lectura sacar de ello. ¿Habían albergado una sospecha real acerca de la paternidad en algún momento?

–Y... –Maria prosiguió– esperaba saber qué planes tiene ella a partir de ahora.

Los dos la miraron con incertidumbre. Isabella sintió que la tensión crecía en su interior. Sabía que ninguno de los dos aprobaría su decisión, pero tenía que ser fuerte.

–Me voy de Roma. Hoy –añadió.

Maria pareció decepcionada. Isabella trató de esquivar la mirada de Antonio. No sabía muy bien cómo se lo había tomado. ¿Estaba sorprendido? ¿Sabría lo mucho que le había costado tomar esa decisión? ¿Acaso esperaba que se quedara?

Maria frunció el ceño.

–Pero...

Isabella levantó la mano.

–Tengo pensado venir a Roma con frecuencia. Quiero que mi hijo conozca a su familia. Pero creo que es mejor que vuelva a Los Ángeles y termine mi carrera.

Maria ladeó la cabeza y miró a Antonio.

–Habla con ella –le dijo en italiano–. Llévala a los jardines y convéncela para que se quede en Roma.

Isabella bajó la cabeza y mantuvo la vista fija en las manos. ¿Pensaría que no entendía italiano? Apretó los labios para no contestarle. Sabía algo de italiano, pero no lo bastante como para hablar con fluidez.

Antonio fue hacia ella. Estaba muy serio. Nunca le había visto así.

—Bella, hablemos del viaje —le dijo en inglés—. ¿Quieres dar un paseo por el jardín?

Isabella asintió y se puso en pie. Le siguió en silencio hasta una puerta que conducía a un espléndido jardín. Era tan grande como un parque público, con estatuas y fuentes. El césped, de un color verde exuberante, estaba muy cuidado y hacía un bonito contraste con el dorado y rojo de las hojas de los árboles.

Mientras caminaba con Antonio, Isabella pensó que debía haberse negado. Le estaba siguiendo obedientemente solo para estar con él. De repente sintió una presión en el pecho.

Era la última vez que estaban juntos a solas.

—No tienes por qué fingir, Antonio. Sé lo que te ha dicho tu madre.

—Lo sé —dijo él con una media sonrisa—. Pero no quería tener esta conversación delante de ella.

—No hay nada de qué hablar. Pensé quedarme aquí en Roma, para que mi hijo pudiera conocer a su familia, sus raíces, pero es mejor para mí volver a Los Ángeles, y terminar mi carrera.

—Puedes terminarla aquí.

Ella sacudió la cabeza.

—Mi italiano no es lo bastante bueno.

—Podemos superar esos obstáculos fácilmente. Dime qué necesitas y yo te lo conseguiré.

Isabella mantuvo la vista fija en las losetas del suelo.

—Te agradezco mucho la oferta. De verdad, pero...

—¿Por qué te quieres ir de Roma en realidad? No es porque quieras seguir con tu educación. El año académico ya ha empezado y no vas a poder matricularte hasta dentro de dos meses. ¿Por qué tanta prisa?

—Cuando tomo una decisión, me gusta actuar rápidamente.

—No. No es eso —Antonio hizo un gesto con la mano—. Te vas por mí.

—Eres tan... Muy bien. De acuerdo. Sí, Antonio. Es mejor para mí dejar Roma, por ti. Tú crees que te engañé. Yo no te di razón alguna para tener celos, y no hay evidencia de ello, pero tú estás empeñado en creer lo peor de mí.

Antonio respiró hondo.

—Me arrepiento mucho de haber dejado que Giovanni se metiera entre nosotros.

Isabella se detuvo. Cerró los ojos. Una ola de dolor la inundaba por dentro.

—Pero tú le creíste. Todavía le crees.

Antonio dio un paso hacia ella.

—Si pudiera hacerlo todo de nuevo, lo haría de otra manera —le dijo con suavidad—. Debería haberme enfrentado a ti. Debería haberte contado todo lo que había pasado entre Gio y yo. Me arrepiento mucho de haber dejado que sus acusaciones arruinaran lo que había entre nosotros.

—¿Me crees? ¿Crees que te fui fiel?

Isabella vio la batalla que estaba librando a través de sus ojos.

—Quiero creerte —dijo él lentamente—. Trato de creerlo. Pero no podía.

–Pero ¿por qué no? ¿Qué pasa conmigo para que no te lo creas?

Él sacudió la cabeza y levantó las manos, haciendo un gesto de frustración.

–No lo sé.

Isabella apretó los labios y consideró varias opciones.

–¿Era porque no era virgen cuando te conocí?

–¡No! –exclamó Antonio.

Parecía sorprendido.

–¿O acaso es porque terminamos en la cama el día que nos conocimos?

–No...

Isabella percibió cierta vacilación.

–No te atrevas –le clavó un dedo en el pecho–. No manches ese recuerdo.

–No lo voy a hacer. Eres apasionada, directa, aventurera, confiada. Me gustaría pensar que solo fuiste así conmigo.

–Nunca me he dejado enganchar tanto por alguien o tan rápido –dijo Isabella con fiereza y bajó la mano de golpe. Dio un paso atrás y arrugó los labios–. Y creo que no me volverá a pasar.

Los ojos de Antonio se oscurecieron.

–¿Porque te arrepientes de ello?

–No –dijo ella, dándose cuenta de que él lo había entendido todo mal–. Porque la próxima vez no vas a ser tú.

Antonio se quedó quieto. Ni habló ni se movió. Se quedó mirándola con unos ojos intensos.

–¿Sabes qué? –le dijo Isabella, sintiendo un rubor repentino en las mejillas–. Ya no importa. Ya sea por una razón o por otra, no eres capaz de creer que te fui fiel. Esta noche me marcho de aquí y solo seré un recuerdo para ti.

—Respecto a eso... —empezó a decir él. Las palabras le salieron atropelladas.

—¿Respecto a qué?

—Bella...

—No —ella sacudió la cabeza. Entendía muy bien lo que le estaba diciendo.

No iba a darle el billete de avión.

—No, no, no. Me lo prometiste.

Él bajó la cabeza y se metió las manos en los bolsillos.

—Soy consciente de ello.

Ella se tocó las sienes, abrumada por la frustración.

—Tengo que volver a mi hogar, al sitio donde tengo que estar. Quiero estar en un sitio que me sea familiar, donde me sienta cómoda y a gusto. Me esperan unos cambios muy importantes y necesito estar preparada.

—Lo entiendo, pero es un poco pronto para eso, ¿no? Ese instinto protector no debería darte hasta el quinto mes más o menos.

Isabella olvidó lo que iba a decir a continuación. Se le quedó mirando como si se hubiera puesto a hablar de repente en una lengua desconocida.

—¿De qué estás hablando?

—Todo está en este libro que estoy leyendo sobre el embarazo.

—¿Estás leyendo un libro sobre el embarazo? —repitió, anonadada—. Si entiendes por qué me quiero ir, ¿entonces por qué quieres retenerme aquí?

Antonio tragó en seco, abrió la boca para decir algo y entonces apartó la vista.

Isabella le observó con curiosidad. Nunca le había visto dudar.

–¿Antonio? ¿Qué sucede?

–Gio armó un buen desastre –las palabras casi se le escaparon de la boca–. Es una pesadilla.

–Lo sé.

Isabella se preguntó qué tenía eso que ver con ella. Él cerró los ojos con fuerza y se mesó el cabello.

–No importa. Olvida lo que he dicho.

Se marchó de repente. Tenía los hombros inclinados hacia delante, como si soportara un gran peso.

Isabella le vio alejarse. Era una figura solitaria en mitad de aquella exuberancia de color y textura.

–Antonio, pídelo sin más –le gritó.

Él se detuvo, pero no se dio la vuelta.

–Lo entiendo si no puedes hacerlo –dijo en un tono tenso–. No terminamos muy bien que digamos.

Isabella fue hacia él y le agarró del brazo.

–¿Qué necesitas?

–A ti.

El corazón de Isabella se detuvo un instante y entonces empezó a latir con violencia. Casi se le salía del pecho.

–¿Podrías ser un poco más específico? –le preguntó, humedeciéndose el labio inferior.

–Te necesito a mi lado, solo durante unos días, mientras me ocupo de un asunto de negocios. Hay unos empresarios que no hacen más que merodear alrededor de Rossi Industries, a ver si encuentran alguna debilidad. Sería muy beneficioso presentar un frente común. Una vez tengamos eso, te mandaré a casa.

Antonio no la necesitaba a su lado para enfrentarse a los enemigos de la empresa. No se trataba de los ne-

gocios, o de la petición de su madre. Esa era su forma
de pedirle que se quedara. Se estaba arriesgando. Sabía que ella tenía todo el derecho de rechazarle.

–¿Todavía quieres que me quede en tu apartamento? –le preguntó ella, intentando mantener la calma.

Él frunció el ceño como si fuera una obviedad.

–Sí.

–¿Y me quedo en la habitación de invitados?

–Sí. Claro.

En ese momento Isabella vio un brillo especial en
sus ojos. Lo de la habitación de invitados no entraba
en sus planes. Él buscaba otra cosa.

Y ella también.

–Muy bien, Antonio –le dijo, aparentando un so-
siego que no sentía–. Puedo quedarme tres días más.
Pero eso es todo lo que puedo prometerte.

Capítulo 8

ISABELLA sintió un gran alivio cuando se marcharon por fin de la mansión de los Rossi. Nada más saber que se quedaría unos días más, Maria se apresuró a mandarlos de vuelta a casa. Una vez obtenido el resultado deseado, estaba deseando librarse de ella.

Al subir al flamante deportivo, Antonio miró el reloj.

—Tengo que asistir a una fiesta.

Una ola de decepción recorrió a Isabella por dentro. Sabía muy bien lo que significaba eso. Cuando estaban juntos, Antonio casi nunca aceptaba invitaciones a fiestas o eventos, pero a veces no le quedaba más remedio que asistir. En esas ocasiones Isabella le veía marchar, de punta en blanco, arrebatadoramente guapo con un traje de gala o un esmoquin.

—Muy bien —le dijo, mirando al frente y contemplando el horizonte de Roma. Se fijó en la basílica de San Pedro—. A lo mejor yo también llego tarde hoy.

Antonio arrancó el motor y se detuvo.

—¿Adónde vas?

Isabella no tenía ni idea, pero no quería quedarse en casa esperándole. Podía ir a la Piazza di Spagna.

—Siempre he querido descubrir Roma por la noche, pero nunca he tenido la oportunidad.

–Salías todas las noches con Gio –murmuró Antonio, acelerando el coche por el ancho carril, flanqueado por enormes árboles.

–No estoy hablando de discotecas. Cuando has visto una, ya las has visto todas. Quiero explorar la ciudad, ver la otra cara de Roma.

–¿No puedes hacerlo mañana? –le preguntó Antonio en el momento en que atravesaban el portón de hierro de la finca de los Rossi–. Te prometo que merecerá la pena esperar. Te enseñaré Roma bajo las estrellas, pero hoy quiero que vengas conmigo.

–¿Qué? ¿Por qué? Nunca he ido a esos eventos contigo.

–Es que te quería toda para mí –confesó él–. Sé que era egoísta por mi parte, pero me daba igual.

Isabella levantó la cabeza y le miró fijamente.

–Pensaba que era porque te daba vergüenza que te vieran conmigo.

–Pero ¿por qué pensabas eso? Me hubiera encantado presumir de ti, pero eso nos hubiera restado mucha privacidad. No quería que nadie se metiera en nuestras vidas, pero fui demasiado lejos. Hasta esta semana no me di cuenta de lo aislada que estabas. No era mi intención separarte del mundo.

–Entiendo –dijo ella.

–¿Te gustaría acompañarme a esta fiesta? –le preguntó él, cambiando de marchas–. Creo que te gustará.

Isabella no sabía por qué estaba haciendo semejante esfuerzo a esas alturas. Solo le quedaban dos días en Roma. ¿Era una disculpa o realmente quería que le acompañara? No podía negar que sentía mucha curiosidad sobre la vida de Antonio. ¿Cómo era cuando estaba con amigos y conocidos? Él no necesitaba ser el centro de atención, pero tampoco se quedaba en la sombra.

Quería aceptar su invitación, pero había algo que la hacía dudar.

–No tengo nada que ponerme. Y mi pelo... –enredó los dedos en las puntas. Debía de estar hecho un desastre. Por lo regular nunca se hacía nada en el pelo, pero tenía que esmerarse un poco si quería causar buena impresión.

–No tienes que cambiarte –le dijo Antonio–. Es una fiesta informal.

–A lo mejor tenemos ideas distintas de lo que es el estilo informal.

Antonio le lanzó una mirada que la hizo sonrojar.

–Confía en mí, Bella. Encajarás muy bien.

Isabella no podía creerse lo que estaba viendo. No podía apartar la vista de Antonio mientras este saltaba en el aire. Sus brazos fuertes se estiraban una y otra vez mientras corría tras la pelota de fútbol. Justo cuando estaba a punto de hacerse con el control de la pelota, tropezó y se cayó al suelo. Rodó sobre sí mismo y se puso en pie de un salto.

Un grupo de chicos jóvenes gritó cuando la pelota golpeó la red de la portería. Aquello era sorprendente. Nunca hubiera creído posible que Antonio pudiera pasarlo tan bien en la fiesta de cumpleaños de un niño. Debería haber estado fuera de lugar entre todos esos balones de colores, sombreros de fiesta y serpentinas, pero en realidad era todo lo contrario. Los niños se agrupaban a su alrededor, buscando su atención.

–Ya le he dicho a Antonio un montón de veces que no debería dejar ganar a Dino –dijo Fia, la madre de Dino, meciendo a la pequeña Giulia sobre la cadera–. Por lo menos le hace ganárselo durante un rato.

–A lo mejor a Antonio no se le da muy bien el fútbol.

–¡Ja! –exclamó Fia al tiempo que le daba el chupete a la niña–. Era uno de los mejores atletas del colegio. Rugby, natación, esquí. Lo hacía todo. Necesitaba un deporte distinto cada temporada para gastar energía.

–No tenía ni idea.

–¿En serio? –Fia dejó el chupete y cambió a la niña a la otra cadera–. ¿Cuánto tiempo hace que le conoces?

–Unos meses.

No había trofeos ni equipamiento de deporte en su casa. No contaba historias de sus aventuras, ni de sus triunfos. ¿Realmente era esa su pasión, o era un talento tan natural en él que apenas le daba importancia?

–¿Y tú?

–Mi marido lo conoce desde que estaban en el colegio, y han vivido muchas cosas juntos, lo bueno y lo malo –Fia levantó la voz por encima del incesante llanto de la pequeña Giulia–. Es por eso que Antonio es el padrino de Dino.

Isabella vio cómo le alborotaba el pelo al pequeño. El afecto que le tenía era evidente.

–Se toma su papel muy en serio.

Fia asintió.

–No podríamos haber encontrado a nadie mejor.

–Nunca le he visto con niños –murmuró Isabella.

Antonio iba hacia ella.

–Es completamente distinto.

–No es distinto –dijo Fia–. Más bien...

–¿Se relaja un poco?

–Exacto –Fia le dio una palmadita en la espalda a Giulia, pero la niña siguió llorando–. Creo que ya tiene que irse a la cama.

–Déjamela –dijo Antonio y estiró los brazos hacia el bebé.

Isabella no pudo esconder su sorpresa al verle con Giulia en los brazos. La niña se calló y le miró con unos ojos enormes. Él le habló con dulzura.

–¿Cómo lo has hecho? –le preguntó Isabella. A pesar de sus años de experiencia como niñera, ella nunca había sido capaz de calmar a un bebé tan rápidamente.

Antonio sonrió.

–Tengo el mismo efecto en todas las mujeres.

Fia se rio y empezó a hablar en italiano. Hablaba deprisa y era difícil para Isabella seguir la conversación. La niña ya empezaba a quedarse dormida en brazos de Antonio.

¿Cómo era posible que se le dieran tan bien los niños? ¿Cómo no se había enterado hasta ese momento? Tenía que ahondar un poco más para descubrirle del todo.

Cuando se marcharon de la fiesta ya era bastante tarde y el niño del cumpleaños llevaba unas horas dormido. Era evidente que los amigos de Antonio sentían mucha curiosidad, pero se habían portado muy bien con ella. La habían hecho sentir como en casa.

Esa noche había conocido una cara totalmente nueva de Antonio Rossi; una faceta relajada, abierta, amigable. Era mucho más serio con su madre, y solía ser más bien precavido y desconfiado con su hermano.

Si quería entenderle del todo, tenía que averiguar el origen de la tensión que había existido entre los dos hermanos.

Durante el camino de vuelta a casa, Isabella guardó silencio. Quería hacerle muchas preguntas, pero no se atrevía. No quería arruinar una velada perfecta. No obstante, solo le quedaban dos días en la ciudad.

—Antonio, ¿por qué tenías una relación tan difícil con tu hermano?

Antonio frunció el ceño.

—No es algo de lo que me guste hablar.

—Lo sé, pero siento que me estoy perdiendo una parte enorme del puzle. ¿Qué pasó entre vosotros?

Antonio sintió la mirada de Isabella, curiosa, expectante. Sabía que le debía una explicación. No solo se trataba de su hermano. Ella también se había visto afectada.

—Mi hermano y yo estábamos muy unidos de niños —le dijo por fin, manteniendo la vista al frente mientras conducía por las concurridas calles.

Una sonrisa le tiró de la comisura del labio al recordar lo mucho que solía divertirse con Giovanni.

—Mis padres no tuvieron más hijos, así que solo éramos él y yo. Solían llamarnos «el futuro rey y el recambio».

—Vaya. Eso no suena muy bien. ¿Os lo decían así a la cara?

Aquella etiqueta había dejado de importarle mucho tiempo atrás, pero la indignación de Isabella era reconfortante.

—Los sirvientes y los invitados solían decirlo cuando

creían que yo no lo entendía, o cuando pensaban que no podía oírles.

—De todos modos, yo no le diría algo así a un niño. Es algo que se le quedaría grabado.

—Yo sabía que había algo de verdad en ello —admitió Antonio—. Mis padres me querían, y cuidaban bien de mí, pero Gio era el centro de atención. Había veces que sentía envidia y resentimiento, pero cuando me hice mayor me di cuenta de que en realidad tenía mucha suerte.

—¿Suerte? ¿Cómo puedes decir eso? —le preguntó ella—. Tus padres jugaban al juego de los favoritos.

Antonio la miró un instante. Estaba acurrucada contra la puerta del acompañante, con los brazos cruzados. Si trataba de mantener cierta distancia, no lo estaba consiguiendo. Ya estaba tomando partido en la historia.

—Tuve suerte porque nadie me puso bajo presión. Mis padres tenían grandes expectativas para los dos, pero yo era perezoso. Estaba descentrado. Todo el mundo sabía que Gio era más listo, más rápido, mejor que yo —dijo con contundencia.

—Eso no es cierto.

—Por aquella época, sí. O a lo mejor era el punto de vista de mi familia. Él era el primogénito. Era el heredero. Era el mejor en todo.

—Eso es tan injusto —murmuró Isabella—. No sé cómo pudiste soportarlo.

—No te preocupes. No duró mucho —dijo Antonio.

Miró a Isabella un momento. Las luces de las farolas pasaban a toda velocidad por la ventanilla. Ella parecía triste por aquel niño que había sido en el pasado.

—Me centré un poco en la adolescencia.

–Ya veo. ¿Revolviste un poco las cosas?

Él asintió.

–Empezamos a hacernos cada vez más competiti-
vos. Gio necesitaba un desafío, pero nunca creyó que
fuera a robarle protagonismo. Yo estaba cansado de
oír: «Si fueras como tu hermano...». Quería que alguien le dijera eso mismo a Gio. Y lo hicieron, pero
no de la forma que yo quería.

Isabella se inclinó hacia él.

–¿Qué pasó?

Antonio captó el aroma de su perfume. Se movió
un poco en el asiento, incómodo.

–Un día nuestro padre nos dijo que creía que el imperio Rossi iba a parar a manos del heredero equivocado.

Isabella retuvo el aliento.

–¿Y por qué dijo eso?

–Creo que lo dijo para que Gio se esforzara más.
Pero a quien hizo esforzarse más fue a mí.

Cerró los ojos y deseó poder olvidar la cara de Gio.
Aquel día no se había portado muy bien con su hermano.

–Por un instante dejé de ser el otro hermano, el recambio. Y no iba a dejar que me arrebataran lo que
había conseguido.

Isabella se acercó aún más.

–Pero ser el heredero era parte de la identidad de
Giovanni, ¿no?

Él asintió.

–Sin querer, mi padre creó una distancia entre Gio
y yo. La competición dejó de ser amistosa. Gio empezó a verme como una amenaza.

Isabella le puso una mano sobre el brazo.

–¿Te hizo daño?

–No. No hubo peleas físicas, y éramos un equipo cuando había que serlo. Pero yo aprendí a guardarme todos mis pensamientos. Nunca podía mostrar lo que me importaba o lo que quería de verdad. Si lo hacía, Gio iba a por ello.

–¿Como qué?

Él se encogió de hombros.

–Al principio eran cosas pequeñas. Ahorré y me compré una moto, pero a la semana siguiente Gio me la robó una noche y la destrozó. Cosas así.

–A mí eso no me parece una cosa pequeña. Destruyó algo que era tuyo. Eso es vandalismo. Estuvo mal. ¿Por qué no intervinieron tus padres?

–Al principio pensaban que era cosa de chicos, y entonces pensaron que sería una fase que se nos pasaría pronto.

–Parece que no querían tomar parte, o enfrentarse al problema –le dijo ella, apretándole el brazo.

–Probablemente –dijo él. Quería poner su mano sobre la de ella y sentir el tacto de su piel–. Pero entonces las cosas empezaron a ir a peor. A veces sentía que me estaba poniendo paranoico. No tenía pruebas para demostrar que él estaba detrás del sabotaje y los robos, pero sospechaba algo. Y al final los dos terminamos optando al premio de honor en la universidad. Yo sabía que él iba a sacarse algo de la manga, pero no pensé que llegaría a lograr que me expulsaran.

–¿Hizo que te echaran? –exclamó Isabella, escandalizada–. Eso es horrible. ¿Cómo lo hizo?

–Le dijo al decano de la facultad que yo había hecho trampas y sacó unas pruebas falsas –le dijo Antonio. Su voz sonaba en calma, pero aún recordaba con amargura la rabia que había sentido.

Nadie le había creído. Y para colmo de males Gio había quedado ante todos como un héroe por haber denunciado a su propio hermano.

—¿Y no tenías modo de demostrar que todo era mentira? ¿Y tus padres? ¿No te defendieron?

Antonio se encogió de hombros, escondiendo el dolor.

—Mi madre creyó que me habían tendido una trampa, pero no creía que hubiera sido Gio.

—¿Y tu padre?

—Él creía que yo había hecho trampas y decía que era la vergüenza de la familia —dijo con tranquilidad—. Me desheredaron.

—¿Te castigaron y Giovanni se salió con la suya? ¿No te vengaste de ninguna manera?

—Quería hacerlo, pero mis amigos me convencieron para que no hiciera nada. Me dijeron que había tenido mucha suerte al salir de ese ambiente envenenado, y que no podía dejar que me destruyera, que tenía que seguir adelante. Yo sabía que tenían razón, pero aún estaba muy resentido.

—Algo me dice que eso es poco decir —dijo Isabella—. Ahora entiendo qué te motiva para trabajar tan duro.

—Al cabo del tiempo mi padre me readmitió en la familia —sonrió al recordar esa reconciliación tan incómoda—. Después de ganar mi primer millón. Mi padre estaba muy orgulloso de lo que había conseguido sin su ayuda.

—¿Y Giovanni nunca confesó?

—No. Pasé años sin hablar con él. No volvimos a hablar hasta el funeral de mi padre, hace dos años. Me pidió que le perdonara. Era sincero.

Eso le había dicho el instinto en aquel momento,

pero siempre le habían quedado dudas. A lo mejor lo único que quería era creer en su hermano, recuperarle.

Isabella apartó la mano.

—¿Y fuiste capaz de olvidar?

—Más bien pasé página y seguí adelante. Gio debería haberse sentido seguro. Yo ya no pensaba que estábamos compitiendo. Pero por alguna razón, no confiaba en que la tregua durara mucho.

—¿Fue un rival más que un amigo?

Antonio asintió.

—Sabía que no podía bajar la guardia, pero cometí un error —hizo una pausa. Titubeó un instante—. No podía esconder mis sentimientos hacia ti.

—¿Entonces crees que Giovanni fue a por mí y que no fui capaz de resistirme a su encanto? ¿Es por eso que tardaste tan poco en creerle?

—Esa era su forma de actuar. Iba a por algo, o en este caso, a por alguien, que era importante para mí.

Isabella se echó hacia atrás en el asiento.

—¿Por qué no me dijiste todo esto? Podrías haber compartido tu preocupación conmigo.

—Creí que no tenía que hacerlo.

Por aquel entonces confiaba en Isabella, pero ella parecía estar muy apegada a Giovanni. Los encantos de su hermano tal vez le resultaran demasiado tentadores al final...

—Me hubiera ayudado mucho saber que yo era un objetivo —dijo Isabella—. O a lo mejor querías ponerme a prueba.

—¿Y por qué iba yo a hacer algo así?

—¿Se te ha ocurrido pensar que tu hermano sabía que podía sabotear nuestra relación con una simple mentira? Lo único que tenía que hacer era levantar una sospecha –Isabella levantó las manos–. Él sabía que no te sincerarías con nadie, que no hablarías de ello. Sabía que la sospecha te iría corroyendo por dentro hasta acabar con la confianza que tenías en mí.

–No es eso lo que pasó –dijo Antonio, sintiendo cómo crecía la rabia en su interior. ¿Por qué le estaba contando todas esas cosas? Debería haber guardado silencio.

Isabella cruzó los brazos.

–La estrategia de tu hermano funcionó mejor de lo que esperaba.

Antonio apretó los dientes.

–Le estás atribuyendo más mérito del que se merece.

–Giovanni se aprovechó de los puntos débiles que había en nuestra relación. Él estaba lo bastante cerca como para ver lo que nosotros no podíamos ver. Sabía que no hablarías del tema, y sabía que yo haría cualquier cosa por recuperarte.

Las palabras de Isabella le hicieron mella. Había algo de verdad en ellas. ¿No había aprendido nada del pasado?

–No hacías más que cometer los mismos errores con tu hermano una y otra vez –le dijo ella–. Pero no te preocupes, Antonio. Yo he aprendido la lección. No estábamos destinados a estar juntos. Ya no estoy luchando por lo que teníamos.

Antonio recibió el impacto de sus palabras como un puñetazo en el pecho. Hubiera querido arremeter contra ella con un comentario sarcástico, algo hiriente, mordaz, pero no quería ponerse en evidencia.

Se limitó a mirar al frente y apretó a fondo el pedal del acelerador.

Capítulo 9

ISABELLA estaba en la cama, despierta e intranquila. Tenía la sábana enroscada alrededor de las piernas de tanto moverse a un lado y a otro. El silencio que había en el apartamento de Antonio la ponía tensa, nerviosa. Se quedó mirando al techo, preguntándose si había tomado la decisión adecuada volviendo allí. Llevaba una buena temporada cometiendo errores, al igual que Giovanni.

Aquel día, cuando se había acostado con él, estaba borracha y muy dolida. Le echaba la culpa al alcohol, se la echaba a él, a sí misma. No recordaba muchas cosas de esa noche, pero sí sabía que había elegido lo que había ocurrido. Podría haberlo parado en cualquier momento.

Pero no lo había hecho, porque estaba actuando. Había perdido a Antonio, había permitido que su sueño se le escurriera entre las manos, y no sabía por qué. Quería apaciguar el dolor con la bebida y la fiesta. Había buscado consuelo donde no debía.

No podía cambiar el pasado, pero sí sabía que nunca volvería a tomar esa clase de decisiones. La próxima vez reconocería las señales en su propio comportamiento. Tendría que hacerlo. El bebé dependía de ella.

Se frotó el vientre y entonces oyó un ruido en el

pasillo. Levantó la cabeza de la almohada y miró hacia la puerta. El corazón le dio un vuelco cuando vio una sombra en el umbral.

Antonio. Había ido a buscarla. Por fin.

Isabella soltó el aliento lentamente, sin dejar de mirar la línea de luz que se colaba por debajo de la puerta. Hasta ese momento había recibido señales contradictorias de Antonio. Él trataba de mantener las distancias, pero ella había visto su mirada ardiente. Se comportaba como un perfecto caballero, pero su autocontrol siempre parecía estar a punto de resquebrajarse.

Siguió mirando hacia la puerta. El corazón se le salía del pecho. De repente le oyó mascullar algo rápido en italiano y entonces se alejó.

Isabella se mordió el labio. No podía llamarle. Se desplomó contra la almohada, decepcionada.

−¿Antonio?

Al oír la voz de Isabella, Antonio sintió una tensión repentina en los hombros. Había tratado de sacársela de la cabeza trabajando, pero esa noche ya era incapaz de concentrarse. Quería perderse entre los informes y los correos electrónicos, y casi había funcionado. No la había oído entrar en el estudio y por tanto no había tenido tiempo de ponerse en guardia.

Levantó la vista del portátil. Al verla en el umbral, sintió una presión en el pecho. Tenía el pelo alborotado, la cara lavada. Solo llevaba una camiseta blanca y unas braguitas.

Era una mezcla tentadora de inocencia y pecado. Antonio se aferró al borde del escritorio. Los nudillos se le pusieron blancos. La camiseta apenas le tapaba la parte superior de los muslos y el fino algodón no escondía la silueta de sus pechos, ni tampoco el tono rosa oscuro de sus pezones. Antonio no sabía por qué se molestaba en ponérselo. Le llevaría un segundo arrancársela del cuerpo.

«No lo hagas».

Las palabras reverberaron en su cabeza al tiempo que miraba esas piernas largas y esbeltas. El estudio estaba en el extremo opuesto del apartamento, en el punto más alejado de la habitación de invitados. Era su refugio, y nadie le interrumpía mientras trabajaba. Pensaba que esa noche estaría libre de tentaciones. Pensaba que ella no le buscaría.

—¿Sí?

Ella se sujetó un mechón de pelo detrás de la oreja.

—Es tarde.

Era muy tarde, demasiado tarde para detener lo que habían puesto en marcha. La necesitaba a su lado, en su cama.

—No deberías estar trabajando —le dijo ella, inclinándose contra el marco de la puerta.

El movimiento hizo que la camiseta se le subiera un poco, dejando al descubierto esas diminutas braguitas blancas.

Él apartó la vista bruscamente, pero fue inútil. La chispa se había encendido. Se aclaró la garganta y se tiró del cuello de la camisa.

—Tengo muchas cosas que hacer.

—¿Necesitas ayuda?

Antonio sacudió la cabeza. De repente se dio cuenta de que tenía una obsesión. Ella estaba presente en sus pensamientos a todas horas del día, irrumpía en sus sueños, le volvía loco. Su presencia había iluminado ese apartamento gris y lo había transformado en un hogar.

¿Pero era eso suficiente para olvidar que le había engañado con su hermano? Aquel recuerdo debería haberle quemado por dentro como un chorro de ácido, borrando todo remanente de deseo. Sin embargo, no fue así. Esas oscuras emociones que siempre le envolvían como un manto negro no aparecieron esa vez. En el fondo no sabía con certeza si ella le había engañado.

«¿Por qué me resulta tan increíble?», se preguntó, para sí.

–¿Disculpa? –Isabella frunció el ceño y se apartó de la puerta.

De pronto Antonio se dio cuenta de que había hablado en voz alta.

–Estaba pensando en lo que me preguntaste antes, por qué me cuesta creerte.

–Nunca me diste una respuesta –ella cruzó los brazos. La tela de la camiseta se tensó sobre sus pechos.

–Creo que no tengo una respuesta.

–Nunca me preguntaste nada sobre mi pasado sexual, pero a lo mejor fue porque sabías que no te gustaría oír la respuesta... Tengo cierta fama en casa, pero no me la gané. Muchos hombres fanfarronean diciendo que me había acostado con ellos, pero no es verdad. Quiero que sepas que solo he tenido tres novios antes de conocerte, y los tuve uno a uno. Además, nunca me ha gustado mucho eso de las aventuras de una noche. No me meto en la cama con cualquiera.

Antonio se sorprendió. ¿Tres? ¿Eso era todo? Era una suerte que no le hubiera preguntado con cuántas mujeres se había acostado él.

–Ese día, cuando nos conocimos, fue especial. Fue perfecto –dijo él en voz baja–. Demasiado perfecto.

–¿Demasiado perfecto? –ella arqueó las cejas–. ¿Existe algo así?

–Sí, porque yo siempre supe que algo tan perfecto no podía durar.

Siempre había creído que Isabella había derribado todas sus barreras, pero en ese momento se daba cuenta de que no era verdad. Había derribado algunas, pero no todas.

–Se suponía que iba a ser una simple aventura –dijo ella–. Duró más de lo debido por... Bueno, yo me aferré más de lo que era aconsejable –apartó la vista y se sonrojó–. No quería hacerlo. Insistí demasiado y me aferré cuando realmente debía desistir.

–No. Eso no es cierto. A lo mejor deberías haber insistido un poco más.

Isabella no fue capaz de ocultar la sorpresa.

–¿Estás de broma?

Antonio no sabía muy bien cómo explicarle por qué había actuado como lo había hecho. No se sentía cómodo revelando esa parte de sí mismo.

–Tuvimos una aventura fugaz, a todo gas.

–¿Y qué tiene de malo eso? –le preguntó ella con una sonrisa.

–Yo traté de condensar toda una vida de recuerdos en unos pocos meses, sabiendo que no duraría –frunció el ceño, pensando en lo que acababa de decir–. No esperaba que fuera a durar.

–No lo entiendo –dijo Isabella. La sonrisa se le había borrado de la cara–. ¿Por qué no podía durar? ¿Esperabas que te fuera infiel?

–No. No exactamente. Pensaba que no tardarías

mucho en abandonarme. Yo no tenía nada con lo que retenerte a mi lado. Tú no querías mi dinero, ni tampoco disfrutabas de esa alta sociedad en la que yo me movía. El sexo era increíble, pero creo que no era suficiente para retenerte a mi lado. Pensaba que eso era lo normal para ti.

–Yo estaba interesada en ti, Antonio –le dijo ella. Parecía sorprendida. Tenía las pupilas muy dilatadas–. Tú eras mi mundo. Yo pensaba que era algo evidente. Nunca hubiera elegido a tu hermano por encima de ti.

–Pero yo eso no lo sabía.

Antonio suspiró y se frotó la cara con las manos. Isabella le había sido fiel. Él, en cambio, no había mostrado ninguna confianza en ella.

–Tenías razón. Lo único que Gio tenía que hacer era sembrar la semilla de la sospecha. Yo hice el resto.

–Porque no crees que nadie pueda serte fiel. Ahora lo entiendo –apoyó el hombro contra el marco de la puerta y suspiró–. Ojalá lo hubiera sabido hace años. Debería haberlo visto.

–Pero tú sí eras fiel –dijo Antonio–. Siempre te pusiste de mi lado cuando leías las noticias o cuando mi hermano trataba de provocarme. Yo me daba cuenta, pero no me fiaba. Era demasiado bueno para ser cierto. Incluso después de todo lo que hice, no te rendiste conmigo. Te quedaste. Seguiste luchando por nosotros.

Pero él se había negado a verlo de esa manera. Cuando ella se había quedado en Roma con Gio, él se lo había tomado como una evidencia de su infidelidad. Había malinterpretado sus acciones y las había convertido en una prueba irrefutable del engaño.

–Sí –murmuró Isabella–. Esa no fue una buena idea precisamente.

–Lo siento, Bella. Lo que te hice pasar fue imperdonable. Nada de esto fue culpa tuya. Yo soy el culpable.

Ella se le quedó mirando, estupefacta. Era evidente que jamás hubiera esperado una disculpa y eso le avergonzaba aún más.

–No es imperdonable –le dijo ella, humedeciéndose los labios.

–No merezco tu perdón, tu amabilidad –dijo él, lentamente–. Incluso ahora, después de todo lo que he hecho y dicho, después de prometerte un billete de avión de vuelta a Los Ángeles, sigues aquí, solo porque yo te lo pedí.

–Bueno... –Isabella se apretó el pecho con una mano y se aclaró la garganta–. Mis razones tampoco eran tan honestas.

Antonio percibió ese toque sensual en su voz y el corazón se le aceleró. La recorrió con la mirada lentamente, descendiendo hasta llegar a sus pies.

–Ya veo.

Isabella no sabía muy bien qué estaba haciendo. O quizás sí... Había planeado seducir a Antonio. Lo había hecho muchas veces en el pasado, sin vacilar. Pero esa vez no estaba tan segura. ¿La rechazaría porque se sentía culpable? ¿Se acostaría con ella para luego arrepentirse al amanecer? Él le pedía perdón, pero quizá terminaría echándola de la cama de nuevo.

Dio un paso adelante. Las piernas le temblaban, pero no había forma de disimular. Sabía que debía haberse puesto otra ropa. Ojalá hubiera tenido lencería sexy o algo más femenino. Seducir a alguien como

Antonio Rossi con esa camiseta tamaño maxi no debía de ser buena idea.

Avanzó un poco más. Antonio cerró el ordenador portátil. Tenía la vista fija en ella. Se levantó de la silla y rodeó el escritorio. Guardaba silencio y sus movimientos eran deliberados, como los de un cazador que se acerca a su presa.

Isabella sintió que el estómago se le encogía al mirarle de arriba abajo. Antonio Rossi no tenía que hacer esfuerzo alguno para ser sexy. La camisa que llevaba acentuaba sus espaldas anchas y sus brazos musculosos. Se estremeció al recordar cómo era estar en sus brazos.

Siempre se había sentido segura y a salvo cuando él la abrazaba. Podía dejarse llevar por la lujuria, pero siempre sabía que él la cuidaría, que la llevaría a lo más alto y la sujetaría con firmeza cuando todo lo demás se hiciera añicos a su alrededor.

Una ola de deseo, caliente y espesa, la recorrió por dentro mientras le miraba. Reparó en su abdomen plano, en esos vaqueros oscuros que marcaban unas piernas poderosas. Estaba descalzo... Isabella sonrió. Siempre le había gustado verle vestido de manera informal, y sin zapatos. No parecía menos intimidante por ello, pero sí daba una impresión más salvaje, elemental.

Levantó la vista lentamente y le miró a la cara. Sintió que la piel se le calentaba de repente al ver la lujuria que relampagueaba en sus ojos. No tenía que preocuparse por el juego de seducción. Él se la llevaría a la cama antes de poder hacer el primer movimiento. Le haría el amor, con desenfreno y pasión.

No era capaz de respirar con fluidez. Una excitación creciente le oprimía el pecho, cada vez más. Antonio le haría el amor a conciencia. Empezó a temblar por dentro. Sus rodillas parecían estar a punto de ceder.

El bebé...

Isabella bajó la vista, escondiendo sus pensamientos. ¿Qué pensaría él de todos los cambios que iba a sufrir su cuerpo? Ya tenía los pechos más grandes y le dolían. Ya no tenía el vientre tan plano como antes. ¿Y si se levantaba de la cama con náuseas?

A lo mejor se estaba arriesgando demasiado. Debía retroceder mientras fuera posible, aceptar que lo que había entre ellos había terminado para siempre. Debía volver a su habitación y echar el cerrojo.

Pero su cuerpo se resistía. Sus pies no querían moverse. No quería renunciar a Antonio. Era hora de reclamar lo que tanto había añorado, era hora de ser la mujer que había sido en el pasado. Era el momento de ser valiente y atrapar los sueños antes de que se le escaparan.

Quería que pasara. Levantó la vista y le miró directamente a los ojos. Deseaba a Antonio. Sin duda se arrepentiría de no haber pasado esa última noche con él. No podía recuperar lo que habían tenido, pero sí podía terminar la relación con un recuerdo feliz.

–Tengo que saber algo antes –le dijo–. ¿Confías en mí?

–Sí.

Lo dijo sin dudarlo. Había certeza en sus ojos. Y eso era todo lo que Isabella necesitaba saber.

Capítulo 10

ISABELLA llevaba meses deseándole con locura. Soñaba una y otra vez con el tacto de sus manos y sabía que jamás experimentaría nada parecido con otro hombre. Se estremecía ante él, ansiosa por tocarle de nuevo. Pero ¿qué pasaría si no conseguían recuperar la magia? ¿Y si todo lo que había pasado entre ellos arrojaba una negra sombra de la que no podían escapar?

Sus miradas se encontraron e Isabella sintió una ola de expectación en su interior. Los ojos de él le decían que no tenía reparo alguno. Sabía muy bien lo que quería y no estaba dispuesto a esperar más.

Antonio la besó con fiereza, cortándole la respiración. Entró en su boca arrasando y ella le devolvió un beso hambriento, brusco. Apenas podía contener la reacción de su propio cuerpo. Él le levantó la camiseta y se la sacó por la cabeza. La estrechó contra su propio cuerpo. Ella suspiró al sentir sus brazos alrededor. Su camisa le rozaba los pezones. Empezó a sentir sus manos a lo largo del cuerpo, sobre las curvas de las caderas. De pronto él le bajó las braguitas con impaciencia. Las echó a un lado de una patada, la agarró de la cintura y la apretó contra su erección.

Isabella sintió una llamarada de deseo que se propagaba por su pelvis. Ya se sentía fuera de control. Le agarró de la camisa.

Él la hizo agacharse. Sus besos se hacían cada vez más salvajes y frenéticos. Ella le atrajo hacia sí al tiempo que él se inclinaba entre sus piernas. Se sentía rodeada de él. Su fragancia lo impregnaba todo y su cuerpo irradiaba un calor envolvente. No sentía ni veía otra cosa que no fuera él, pero no era suficiente. Necesitaba sentirle más cerca, le necesitaba muy adentro.

Isabella se apartó. Tenía los labios hinchados. Estaba sin aliento. Le agarró de la nuca y enredó los dedos en su cabello copioso y oscuro al tiempo que él dejaba un rastro de besos a lo largo de su cuello.

Podía sentir sus manos en todas partes, pero no oponía resistencia. Él sabía muy bien cómo darle placer, acariciándola y jugando con ella hasta llevarla al límite. Poco a poco iba derribando todas sus defensas. No podía esperar más. Una efervescencia imparable corría por sus venas. Quería ver a Antonio en toda su gloria. Quería darle el corazón y el alma.

Antonio le mordió un pezón con los labios y empezó a tocarla entre las piernas. Ella empezó a frotarse contra su mano, gimiendo al tiempo que Antonio introducía los dedos en su sexo húmedo.

Isabella estiró los brazos sobre el suelo, rindiéndose. Era suya. Iba a entregarse sin reservas. Él continuó masajeándola con suavidad, jugando con ella al tiempo que la besaba más abajo de la cintura. Ella meneaba las caderas frenéticamente. Pensaba que iba a volverse loca de tanto desearle.

–Más –le dijo, jadeando.

Antonio le separó las piernas y cubrió su sexo con la boca. Isabella gritó de placer al sentir el primer roce de su lengua. Su tacto era tan adictivo como lo recordaba. La llevaba al límite y entonces retrocedía.

Le suplicó que le diera más y entonces él subió a otro nivel, dándole el placer que tanto ansiaba. La llevó al borde del clímax y la hizo abandonarse a él.

Temblorosa, sintió el roce de su ropa y notó la punta de su pene presionándola bajo el vientre. Antonio la penetró con una poderosa embestida. Isabella gimió y movió las caderas para acomodarle mejor. Le agarró de los hombros y le clavó las uñas en la camisa.

Antonio se retiró casi del todo. Isabella jadeó al sentir cómo se contraían los músculos de su sexo.

–Nunca me conformo cuando se trata de ti –dijo él y volvió a entrar.

Sus embestidas eran lentas y calculadas, pero a medida que Isabella se dejaba llevar por el frenesí del momento, su ritmo se hacía más irregular. La agarró de las caderas, le clavó los dedos en la piel y empujó hasta el fondo. Se puso tenso y tembló al oírla gritar.

Un segundo más tarde se desplomó sobre ella. Isabella le abrazó. Su respiración entrecortada le calentaba el cuello. Ninguno de los dos dijo nada.

Ella todavía sentía ligeros temblores que la sacudían de vez en cuando.

–No te quedes dormida, Bella –la miró a los ojos.

La tomó en brazos y la sacó de la habitación.

–La noche no ha hecho más que empezar.

Isabella contuvo el aliento y abrió los ojos. Acababa de escapar de un mal sueño. Se incorporó y miró a su alrededor, lista para escapar. Su corazón latía sin ton ni son. Temblaba, pero sentía la piel caliente y sudorosa.

Le llevó un momento darse cuenta de dónde estaba. Estaba amaneciendo. Miró por la ventana. Estaba en Roma, en la habitación de Antonio, no en la de Giovanni.

Le observó mientras dormía. Yacía sobre la cama, desnudo, glorioso. De forma automática, quiso abrazarle. Necesitaba estar en sus brazos. Allí se sentiría segura, a salvo.

Puso la mano sobre su hombro y entonces se detuvo. Cerró el puño. ¿En qué estaba pensando? No podía contarle el sueño a Antonio. No podía hablar de Giovanni, no mientras compartían cama, no cuando acababan de hacer el amor. Él podía pensar que le estaba comparando con su hermano.

Isabella se tocó la cabeza. Se sentía un poco mareada de moverse tan rápido. Se acostó con cuidado, apoyando la cabeza en la almohada. Se volvió hacia él.

¿Cuándo dejaría de tener esos sueños? Cerró los ojos con cuidado. Solo esperaba no volver a tener esa pesadilla.

Antonio se movió de repente. Le rodeó la cintura con el brazo y la hizo acurrucarse contra su pecho. Ella apretó los labios y trató de no moverse mucho. Podía sentir su enorme mano sobre el abdomen. Esperó a que se moviera, pero él no lo hizo. Seguía profundamente dormido. Su aliento cálido le hacía cosquillas en la piel y su ancho pectoral le rozaba la espalda. Isabella soltó el aliento lentamente, pero la tensión no desapareció.

Alcanzó su mano y se la quitó de encima con cuidado. No podía dejarle acercarse tanto. No podía acostumbrarse a ello. Ya se había arriesgado demasiado y todo lo había hecho por estar con él una vez más.

Había merecido la pena, pero no podía seguir con esa actitud temeraria. El bebé era la única realidad y lo de Antonio no era más que una fantasía. Debía tenerlo bien presente.

No quería ocultarle nada, pero tenía que protegerse. Apretó los párpados. Sentía el ardor de las lágrimas detrás de los ojos. Respiró profundamente y se volvió. Tenía que empezar a hacer planes. Debía buscar el coraje necesario para alejarse de él por fin. Ya era hora de crear una distancia. Se apartó de él con suavidad y entonces sintió un frío repentino. Quería volver a tumbarse a su lado y acurrucarse contra él.

La idea era muy tentadora. Titubeó un momento y, justo cuando estaba a punto de acostarse de nuevo, sintió una ola de náusea. Se tapó la boca y corrió hacia su habitación.

Antonio estiró los músculos y gruñó con satisfacción. Por fin volvía a tener a Isabella en su cama. Todo volvía a estar en su sitio. Esbozó una sonrisa perezosa. Tocó el otro lado de la cama, buscándola, pero se topó con la fría sábana. Parpadeó varias veces y abrió los ojos. Isabella no estaba allí. La almohada todavía tenía una marca, pero las sábanas estaban frías. Se había levantado horas antes.

¿Qué estaba pasando? Se levantó de un salto y fue hacia la puerta. Isabella nunca le había abandonado mientras dormía. Siempre le despertaba con caricias y besos, si no era él mismo quien la espabilaba primero de la forma más erótica posible. Empezaba a excitarse con solo pensar en ello.

Llegó a la habitación de invitados en un tiempo récord y abrió la puerta sin llamar. Isabella estaba acurrucada en su cama, profundamente dormida.

–¿Bella?

Ella levantó la cabeza, sobresaltada. Todavía tenía el pelo húmedo de haberse dado una ducha y estaba envuelta en una toalla.

–Oh, me tumbé y me dormí de nuevo –dijo ella, adormilada–. ¿Qué hora es?

–¿Por qué estás durmiendo aquí? –le preguntó Antonio, parándose delante–. ¿Por qué te fuiste de mi cama?

–Oh, porque necesitaba descansar –le dijo ella, mirándole de arriba abajo.

Estaba completamente desnudo.

–Bella, ¿soy una aventura de una noche para ti?

–Eh... –se apartó el pelo enredado de la cara.

–¿Solo querías hacerlo una vez más antes de irte? ¿Tenías que quitarte el gusanillo y ya está?

–¿Y qué pasa si es así? –le preguntó ella, desafiante.

–Si es así, te haré cambiar de opinión –levantó la sábana y se metió en la cama con ella.

Capítulo 11

ISABELLA se aferró a la toalla y se echó hacia el borde de la cama.

–Antonio, no finjas que esto es algo más de lo que es.

Él deslizó las manos por debajo de ella y la atrajo hacia sí. Ella quería apartarle, pero eso significaba perder la toalla.

–¿Por qué te fuiste de nuestra cama?

Su tono de voz era firme y contenía ciertas notas de peligro.

–Tu cama –remarcó ella.

–Nuestra cama.

–¿En serio? ¿Nuestra cama? –le preguntó ella, intentando mantener la toalla en su sitio al tiempo que le daba un beso en el cuello.

Isabella sintió su sonrisa sobre la piel.

–¿Cuántas mujeres han dormido ahí desde que me fui?

Él levantó la cabeza y la miró fijamente.

–Ni se te ocurra. Sé que quieres crear una barrera entre nosotros, pero no te dejaré.

Isabella apretó los dientes. Tenía que ponerle fecha de caducidad a la relación. No podía dejarse arrastrar por ese remolino de sentimientos. Necesitaba un ambiente estable para el niño.

Le hubiera encantado pensar que podían intentarlo de nuevo y que esa vez duraría mucho más, pero... ¿A quién intentaba engañar? ¿Qué pasaría cuando tuviera una enorme barriga de embarazada? ¿Cuánto tiempo pasaría hasta que él necesitara casarse y tener hijos propios? Ella no cumplía ninguno de sus requisitos para una esposa y no había forma de superar ese obstáculo.

—Me fui porque ya no es nuestra cama. Ya no somos una pareja.

—Tenemos una conexión que no se puede romper —enredó las manos en su pelo y lo extendió sobre la almohada.

Ella hizo una mueca.

—Pero eso no nos convierte en pareja.

Antonio deslizó las yemas de los dedos sobre su mejilla y la agarró de la mandíbula.

—¿Por qué crees que te pedí que te quedaras?

—Por el sexo —Isabella sabía que esa era la verdad. Él no podía rebatírselo.

—¿Y eso es todo? —le preguntó él en un tono ligero, deslizando la mano sobre su garganta hasta llegar al pecho.

Isabella sintió cosquillas. De repente no recordaba de qué estaban hablando. Tenía que levantarse de la cama y vestirse cuanto antes, pero no podía moverse. No quería hacerlo.

—Cuando estamos juntos haces que el resto del mundo deje de existir. Insistes porque estás en medio de una crisis familiar. Por eso quieres que me quede por aquí. Para tenerme a mano y llevarme a la cama cuando necesites evadirte.

—Quiero hacerte el amor —admitió él, metiéndole los dedos por dentro de la toalla.

Isabella sintió que sus pechos subían bajo el tacto de esos dedos cuidadosos.

—Pero quiero más de ti —añadió.

Ella se humedeció el labio inferior.

—¿Más? —le dijo.

—Te necesito a mi lado —confesó él en voz baja—. Cuando estás ahí, siento que puedo conquistar el mundo entero.

Isabella hubiera querido creerle, pero sabía que no era cierto. Solo era una chica corriente, sin ningún talento o habilidad especial.

—Tú no confías en nadie, Antonio.

—Puede parecer que no, pero no es así —le dijo él, quitándole la toalla de entre las manos—. Significaba mucho para mí levantarme y verte en mi cama. Me gustaba que me dijeras lo que sentías y lo que pensabas. Me alegré cuando cambiaste tu vida para estar conmigo.

—Eso era antes.

—Pero todavía sigues cuidándome —le abrió la toalla del todo y vio como se le ponían de punta los pezones—. Retrasaste tu viaje a Los Ángeles para estar conmigo. No tuviste ningún inconveniente en compartir tus sentimientos y pensamientos, aunque yo no estuviera de acuerdo. Pero cuando me desperté, ya no estabas en mi cama.

De pronto Antonio se dio cuenta de que ella no quería compartir sus miedos y sueños con él. No estaba dispuesta a decirle nada. No quería dárselo todo otra vez. Tenía miedo de salir herida de nuevo.

—¿Tu cama? —le preguntó ella en un tono burlón, decidida a distraerle un poco para que no averiguara la verdad. Tenía que hacerle creer que era la misma de siempre, solo durante unos días–. Pensaba que era nuestra cama.

Antonio la agarró de las muñecas y le levantó los brazos por encima de la cabeza. Ella se retorció en protesta y sacó pecho.

–Quédate la próxima vez –le ordenó él suavemente.

–Eso no puedo prometértelo –Isabella quería morderse la lengua.

Debería haber dicho que sí sin más. Él no iba a abandonar hasta salirse con la suya.

–Hubo un tiempo en el que nunca querías salir de mi cama –le dijo él, inclinándose adelante y tomando uno de sus pezones entre los labios.

Un placer efervescente bulló en el interior de Isabella.

–¡Antonio! –trató de apartarse, pero él la sujetó de las muñecas con más fuerza, así que no tuvo más remedio que acercarse más, arqueándose contra él.

Antonio se centró entonces en el otro pezón. El tacto de sus labios era implacable, irresistible. La llevaba al clímax más extático.

Sin embargo, justo cuando creyó que encontraría el tan ansiado alivio, él retrocedió.

–Por favor, Antonio –le dijo ella sin aliento–. Suéltame. Quiero tocarte.

Antonio levantó la cabeza. Había un brillo especial en su mirada.

Le dio un beso brutal y le soltó las muñecas de golpe. Isabella le rodeó el cuello con los brazos al tiempo que él la besaba en el pecho.

Él empezó a juguetear con el otro pezón, mordisqueándoselo con la punta de los dientes. La agarró de las caderas y empezó a acariciarla por todo el cuerpo. Ella suspiró.

Antonio se apartó y la miró fijamente. Su rostro estaba tenso, lleno de deseo.

–Eres tan hermosa –le dijo, como si estuviera embelesado.

Se echó hacia delante, capturó sus labios y le separó las piernas. Presionó su sexo con una mano y entonces gruñó para sí. Estaba tan excitada que apenas podía esconderlo.

Le metió la lengua en la boca y empezó a acariciar su hinchado clítoris. Isabella comenzó a mecerse contra su mano, buscando la espiral de placer que crecía en su pelvis. Las sensaciones eran tan exquisitas que casi le dolía.

–Ahora, Antonio –susurró contra sus labios–. Hazme tuya ahora.

Trató de alcanzarle, pero él huyó de sus manos. Con el rostro serio y concentrado, la agarró de la cintura, le levantó las caderas ligeramente y apoyó su miembro erecto contra el punto de unión entre sus muslos. Isabella percibió la punta de su pene, empujando contra su sexo desnudo. Se agarró de su cintura con las piernas y respiró hondo al tiempo que él la penetraba. Cerró los ojos y se mordió el labio inferior. Él había entrado hasta el final; podía notar cómo le temblaban los músculos y las yemas de los dedos.

Antonio se retiró un instante y entonces volvió a entrar con una embestida poderosa. Isabella sintió que el pulso se le aceleraba. El aire se le atascó en la garganta. El placer crecía imparable en su interior. Se sentía como si fuera a explotar en cualquier momento. Él empezó a moverse con más rapidez, generando un aluvión de estímulos, una lluvia de sensaciones que caía sobre Isabella como fuegos artificiales.

Antonio volvió a retroceder y entonces entró en su sexo húmedo otra vez. Isabella contuvo el aliento y le clavó las uñas en los hombros. Sabía que a la siguiente alcanzaría el éxtasis más absoluto y necesitaba que Antonio la sujetara con fuerza mientras se rompía en mil pedazos.

Él empujó nuevamente.

—Más —susurró ella con urgencia, pero Antonio no se movió.

La sujetó con fuerza. Los músculos le temblaban. Su autocontrol empezaba a fracturarse.

Ella abrió los ojos y se dejó atrapar por la mirada de él. Había hambre en sus ojos, un deseo elemental, visceral, primario.

—Primero... —le dijo él en un tono grave—. Dime por qué no quieres compartir cama conmigo.

Ella parpadeó con rapidez, tratando de esconder la mirada. ¿Por qué no dejaba el tema? ¿Por qué era tan importante para él?

—¿Qué has dicho? —le preguntó ella, tratando de buscar una excusa que sonara creíble.

—Puedo hacerte el amor contra la ventana —le dijo, meneándose contra ella de una forma muy sugerente, recordándole los placeres que podía darle—. O en el suelo. ¿Pero no quieres quedarte en mi cama?

Ella sacudió la cabeza. Se negaba a mirarle a los ojos.

—Eso no es importante.

—No estoy de acuerdo. Yo creo que es muy importante —había determinación en su voz.

—Por favor, Antonio —Isabella empezó a mover las caderas con desesperación—. No pares.

Una descarga de tensión sacudió a Antonio por dentro, pero no se movió.

–Eso depende de ti.

–No tengo motivos para quedarme en tu cama –dijo ella, casi sollozando. Estaba temblando y un fuego abrasador la consumía.

¿Por qué era tan cruel con ella?

–¿Es porque no confías en mí como antes? –le preguntó él, apretando el dedo pulgar contra su henchido clítoris.

Ella se estremeció, quiso respirar.

–No volveré a echarte de mi lado. Te lo prometo.

–No puedes darme esa clase de garantía –le dijo ella con la voz entrecortada.

–Bella... Prométeme...

–¡Sí! ¡Sí! –gritó ella con temeridad–. Compartiré cama contigo.

Nada más oír las palabras, Antonio empezó a empujar con frenesí. Isabella aceptaba cada embestida con avidez. Se retorcía contra Antonio; sus movimientos era delirantes, arrolladores. En cuestión de segundos, un violento clímax la azotó por dentro. Su sexo se contrajo, apretándole por dentro. Podía sentir sus músculos poderosos bajo las yemas de los dedos. Estaba temblando. De repente sus embestidas se volvieron salvajes y unos segundos más tarde se rindió a las exigencias de su cuerpo. Emitió un grito desgarrado y empujó una última vez antes de desplomarse sobre ella.

Aferrada a Antonio, Isabella empezó a acariciarle la espalda. No sabía si había tomado la decisión adecuada. Siempre había creído que aprendía de sus errores, pero había vuelto al punto de partida. Ya no era ninguna ingenua, pero no podía negar que estaba loca y perdidamente enamorada de él. Ojalá hubiera tenido más fuerza de voluntad. No debería haberle prometido algo así.

Antonio rodó sobre sí mismo, se puso boca arriba y la estrechó entre sus brazos. Ella se relajó, escuchó los vigorosos latidos de su corazón. Era tan natural estar con él. Tenía que disfrutarlo mientras durara. ¿Qué más podía pasar en dos días?

—La otra cama es mucho mejor –dijo él.

—Estoy de acuerdo. Hay mucho más sitio.

—Deberías traer tus cosas a la habitación principal –le dijo él mientras le acariciaba la espalda–. No tiene sentido mantenerlas aquí.

Era evidente que Antonio no estaba dispuesto a darle el más mínimo margen para escabullirse y salir huyendo. Le estaba dejando claro que iban a continuar donde lo habían dejado.

—Solo voy a estar aquí durante un par de días más. No merece la pena.

Él se detuvo ahí donde la estaba tocando, en mitad de la espalda.

—¿Dos días?

—Antonio, no voy a quedarme más tiempo aquí. Llegamos a un acuerdo.

Antonio se dio la vuelta y apoyó los brazos a cada lado de ella. Su abdomen descansaba ligeramente sobre el de ella. Apoyó las caderas entre sus muslos.

La tenía rodeada, acorralada.

—Respecto a eso...

Capítulo 12

ANTONIO entró en su apartamento y oyó la risa de Isabella, proveniente de otra habitación. Se imaginó la forma en que movía la cabeza, la forma en que su larga melena rubia le caía en cascada sobre el hombro. Siempre era una imagen hermosa y nunca se cansaba de ella. Hacía todo lo que podía para mantener esa sonrisa en sus labios.

Se detuvo en el umbral y se dejó envolver por el calor hogareño. La música que salía de su reproductor de MP3 era divertida, vibrante y muy americana. No hacía mucho juego con la sobria decoración del apartamento, pero eso daba igual. Le gustaba porque era como ella.

Mientras cerraba la pesada puerta de entrada, oyó sus pasos. Acababa de darle la vuelta a la esquina del pasillo e iba a su encuentro. Llevaba el pelo recogido en una coleta alta y se había puesto un suéter que debía de haber sacado de su armario. Le quedaba demasiado grande, pero el color resaltaba el tono azul de sus ojos. Se había subido las mangas y el dobladillo le llegaba a las rodillas, ocultando así todas las curvas de su cuerpo femenino. Pero a Antonio le encantaba verla con su ropa, en su casa... La miró de arriba abajo y, al ver los *leggings* negros que llevaba puestos, silbó suavemente.

–Ya veo que has ido de compras.

–Sí –dijo ella, rodeándole el cuello con los brazos.

Antonio apoyó las manos en el final de su espalda y la atrajo hacia sí. Se tomó un momento para saborear la suavidad y el calor de su cuerpo mientras ella le besaba.

Después el beso se hizo más intenso y ella se lo devolvió con la misma fuerza. No se habían visto en todo el día y Antonio estaba deseando llevársela a la cama, aislarse del mundo y explorar su cuerpo exquisito una vez más.

Pero no podía hacerlo, así que se apartó bruscamente. Le había prometido que no sería egoísta y había mantenido su palabra durante un mes. Le había presentado a sus amigos y a sus socios de negocios y se había llevado una grata sorpresa al descubrir que era una estupenda anfitriona. De hecho, ya había trabado amistad con la mayoría de sus conocidos.

–¿Qué has hecho hoy? –le preguntó, deslizando una mano sobre su cadera.

–Fia vino a comer y me llevó de compras. Necesitaba comprarme un par de cosas para renovar el armario. ¿Qué te parece? –levantó los brazos y dio una vuelta.

Antonio se fijó en cómo se le pegaba el suéter al vientre. Ya empezaba a verse un pequeño abultamiento.

Ahí dentro estaba el bebé de Giovanni.

–¿Y bien? –le preguntó ella.

Él dio un paso adelante y le puso la palma de la mano sobre el abdomen. Debajo de esa pequeña montaña estaba el bebé.

–Estás preciosa.

Ella se sonrojó y bajó la cabeza.

—¿Estás seguro?

Su timidez le sorprendió. No era propio de ella... De repente entendió su preocupación. ¿Acaso pensaba que ya no volvería a encontrarla atractiva en cuanto empezara a engordar?

No sabía muy bien cómo tranquilizarla. El bebé nunca sería un obstáculo entre ellos, pero... ¿cómo iba a hacérselo saber?

Estaba a punto de retirar la mano cuando ella puso la suya encima. Le sostuvo la mirada, pero no dijo nada. No era necesario. En ese momento no existía nada más. Estaban compartiendo el viaje, como padres, juntos.

—Estoy deseando conocer al bebé —le confesó—. Va a ser igual que tú.

—Bueno, sería una pena que se pareciera a mí si resulta ser un chico —dijo ella.

Al verla sonreír, Antonio sintió un vuelco en el corazón. La amaba, sin medida, sin reservas, sin condiciones. Quería estar con ella para siempre, y no por el bebé o por los requisitos del testamento de su hermano. Quería compartir cada segundo de su vida con ella.

Isabella frunció el ceño y dio un paso atrás, como si pudiera leerle la mente.

—No debería haberte quitado el suéter, pero era tan calentito y tan cómodo.

—Lo que es mío es tuyo también.

Isabella parpadeó, sin entender muy bien lo que estaba oyendo. Se rio, nerviosa, y se tiró del cuello del suéter.

—Te lo agradezco, pero empezaré con el suéter.

–Tienes que pensar en grande –le dijo él–. Ya es hora de hacer algunos cambios por aquí.

Miró a su alrededor y se fijó en los pequeños cambios que ella había hecho. Había un enorme bouquet de flores amarillas y naranjas y también una foto de los dos, de aquel día cuando habían ido a ver la Fontana de Trevi.

También reparó en otro detalle. El apartamento no estaba preparado para un niño.

–Tenemos que acondicionar este lugar para el bebé. Habrá que convertir la habitación de invitados en la habitación del niño. No te preocupes por el coste –añadió al ver la cara de Isabella–. Este pequeño tendrá lo mejor.

Isabella le miró, boquiabierta. Acababa de pronunciar las palabras «habitación del niño». No había sido su imaginación.

–Quieres... Quieres hacer... ¿Qué?

–No hemos hecho nada para preparar la casa para el niño –le dijo él, apoyando el brazo sobre sus hombros.

–No hay que preocuparse por eso –dijo ella, mirando a su alrededor. No podía imaginarse a un niño creciendo en ese entorno–. Tengo mucho tiempo.

Antonio reparó en el pronombre singular que ella había escogido.

–Pero el niño llegará dentro de cuatro meses –le dijo.

–No. Se supone que será a finales de marzo –apuntó ella.

–Muy bien. Cuatro meses –repitió él, haciendo acopio de paciencia–. Ya estamos en noviembre.

«Oh, Dios mío».

Isabella se quedó de piedra al recordar la fecha. ¿Cómo había pasado? Llevaba más de un mes en la casa de Antonio. Se suponía que iba a quedarse unos días, pero al final se había quedado el fin de semana, y después una semana más... En algún momento había dejado de pedirle el billete de avión.

Lo había pasado muy bien a su lado. La estancia había sido mucho mejor de lo que había esperado. De alguna manera, su relación se había fortalecido mucho. Había llegado a conocerle bien y se había adentrado en su mundo.

Sabía que él estaría ahí siempre que le necesitara, pero era hora de decir adiós. Lo que había empezado como una aventura intrascendente se había convertido en algo que la había desviado de sus metas iniciales. Además, fuera como fuera, él terminaría encontrando a otra mujer, una esposa adecuada, digna de un miembro del clan Rossi.

—Antonio, me gustaría compartir ese proyecto, pero no voy a estar aquí mucho tiempo más. Creo que debería irme al final de esta semana.

—No lo entiendo —dijo él, perdiendo la paciencia—. Pensaba que estabas contenta aquí.

—Y lo estoy. Han sido los días más felices de mi vida, pero me he desviado mucho de mis planes y ya es hora de volver a casa.

—¿Se trata de la universidad? —le preguntó él—. No necesitas sacarte esa carrera. Yo puedo cuidar de ti y del bebé. Quiero hacerlo.

—Le hice una promesa a mi madre. Tengo que hacer esto.

Antonio suspiró.

—No puedo convencerte de lo contrario, ¿no?

Ella le abrazó con fervor y apoyó la cabeza sobre su hombro.

—Te voy a echar de menos.

—Quiero que vengas a Roma durante las próximas vacaciones de primavera.

—No puedo viajar estando en un estado tan avanzado del embarazo.

—Entonces iré a Los Ángeles y me quedaré allí hasta que nazca el niño.

—Claro —dijo ella, consciente de que no podía tomarse esa promesa al pie de la letra.

Él tenía una vida muy ocupada. Además, no podía engañarse a sí misma. Las relaciones a distancia rara vez funcionaban, sobre todo con alguien como Antonio Rossi. Una vez saliera de Roma, las cosas serían tal y como decía el viejo refrán.

«Ojos que no ven, corazón que no siente».

—Lo digo de verdad, Bella. Cuando me necesites, estaré ahí para ti.

Capítulo 13

ESE ERA su último día con Antonio, pero Isabella todavía no se había hecho mucho a la idea. Estaba tumbada en la cama, viendo como amanecía sobre Roma. Quería guardarse algún recuerdo eterno. Quería recordar su pasión, su calor. Tenía que tocarle y probar su sabor una última vez. Bastaba con darle un beso y decir adiós. Le agarró de la barbilla. La barba de unas horas le rascaba la palma de la mano. Acarició esos duros ángulos y llanos de su rostro. Recordó las finas líneas que le rodeaban los ojos cuando sonreía y los surcos que se formaban en torno a su boca cuando fruncía el ceño. Iba a echar de menos, no solo su sonrisa sexy, sino también su rostro serio, enfurruñado.

Bajó la cabeza y rozó sus propios labios contra los de él. No sabía cómo iba a ser capaz de vivir sin sus besos. Cada vez que él la besaba con sutileza, o con un deseo arrollador, se sentía como si una corriente eléctrica fluyera por sus venas. Se sentía violentamente viva cada vez que él la tocaba.

Volvió a rozarse contra sus labios y entonces notó que él se movía.

—Bella...

Ella sintió que el aire se le atascaba en la garganta.

Notó un dolor en el pecho. Le encantaba oírle decir su nombre. Lo decía con satisfacción masculina, con adoración.

Deslizó una mano a lo largo de su cuello y memorizó cada rasgo, cada línea. De repente sintió su brazo alrededor de la cintura. Levantó la vista y se encontró con su mirada. Ya no parecía somnoliento, sino que la observaba con mucha atención.

Bajó la cabeza, escondió la mirada. No quería que le leyera el pensamiento. No quería que sintiera su tristeza.

Antonio le abulonó la camiseta.

–¿Por qué...? –le preguntó con suavidad–. ¿Por qué te escondes detrás de esto cuando sabes que te quiero desnuda en la cama?

Ella sonrió al oír su tono bromista.

–Me lo pongo para que tengas el placer de quitármelo.

Era verdad en parte, pero también se ponía esa camiseta de tamaño maxi para ocultar la barriguita que ya empezaba a notarse.

–No. Te la pones porque quieres provocarme –soltó la tela de la camiseta y metió las dos manos debajo de la cabeza–. Esta vez quiero que te la quites.

Isabella sintió un golpe de excitación en la pelvis. Se arrodilló a su lado sobre el colchón, sin dejar de mirarle ni un momento. Agarró el borde de la camiseta y se la levantó lentamente, meneando un poco las caderas. Sintió la cálida mirada de Antonio sobre la piel. La hacía sentir exuberante y hermosa. Su vientre abultado no tenía importancia en ese momento. Echó los pechos hacia delante y se estiró un poco. Se quitó la camiseta.

Antonio no se movió. Se dedicó a observarla en silencio. Estaba desnuda ante él. Ya no sentía timidez. Se sentía gloriosamente viva.

Empezó a acariciarse el cuello y los hombros. Él continuaba observándola, sin decir ni una palabra. Comenzó a masajearse los pezones, tal y como él lo haría. Se mordió el labio y gimió. Los pezones le ardían.

Él empezaba a respirar con dificultad. Su pecho subía y bajaba con brusquedad mientras la veía tocarse y acariciarse. De repente se sentía como una esclava en un harén, dando placer a su amo. Se sentía poderosa pero sumisa, atrevida pero obediente. Quería hacer realidad su fantasía, pero al mismo tiempo quería hacerle suplicar.

Deslizó las yemas de los dedos a lo largo de la pelvis y, justo cuando estaba a punto de tocar su propio sexo, cambió de opinión. Agarró el miembro erecto de Antonio, apoyado contra su abdomen plano. Antonio contuvo el aliento, levantó las caderas un instante.

Isabella empezó a frotarle y a masajearle lentamente. Él cerró los ojos y agarró la almohada que tenía bajo la cabeza. Ella observaba, fascinada, las emociones que se reflejaban en su rostro, agonía, placer... Se inclinó hacia delante y le chupó la punta del pene. Antonio soltó el aliento de golpe y enredó los dedos en su pelo. Sus manos se retorcían cada vez que ella le lamía.

Poco a poco Isabella empezó a sentir los temblores que le sacudían por dentro. Su respiración se hacía cada vez más entrecortada. De pronto la agarró de los hombros y tiró de ella.

Ella protestó con un gemido. Quería darle todo el placer del mundo. Presa de un frenesí repentino, apretó los labios contra el oído de Antonio. El corazón se le salía del pecho con cada latido.

–Te quiero –susurró.

Antonio no se movió. El corazón de Isabella dio un vuelco. En ese momento se sentía más expuesta que cuando se había quitado la ropa. Él la agarró de la barbilla. Ella se encogió; mantuvo la vista baja. No quería ver si había rechazo o indiferencia en sus ojos...

De pronto él la besó, con fiereza, desenfreno. Sus manos estaban en todas partes, atrayéndola, moldeándola. Isabella quería derretirse contra él; quería ser parte de él para siempre.

Él ancló una pierna contra la de ella. Estaba a punto de tomar el control. Isabella empezó a moverse rápidamente y se escapó de entre sus brazos. Se sentó sobre él a horcajadas. Él la sujetó de la cintura y le clavó los dedos en la piel al tiempo que la penetraba lentamente.

Ella cerró los ojos. Un gemido de Antonio retumbó a su alrededor. Un placer intenso y caliente la inundó por dentro hasta abrasarle la piel. Meneó las caderas con timidez y recibió un empujón inmediato de Antonio. Él la agarró con más firmeza y la levantó unos milímetros para luego empujar con fuerza. Ella empezó a mover las caderas con frenesí, siguiendo un ritmo más regular. Se sentía como si estuviera dominando el poder de Antonio, haciéndolo propio.

No. En realidad le estaba dominando a él. Le estaba haciendo suyo.

Él se incorporó. Se miraron a los ojos. Ella le sujetó de la mandíbula y le dio un beso en la boca.

–Te quiero mucho, Antonio –le dijo contra los labios.

Él le clavó los dedos en la piel una vez más y le dio un beso feroz. Un deseo salvaje se apoderó de ella. Arqueó la espalda, echó la cabeza atrás y se dejó llevar por un clímax arrebatador. Su cuerpo se contrajo, la mente se le quedó en blanco. Antonio escondió el rostro entre sus pechos y dejó escapar un grito.

El tiempo se detuvo para Isabella. Quería aferrarse a ese momento para siempre, pero ya se le estaba escapando. Se agarró de Antonio y se acurrucó a su lado. Apoyó la cara contra su pecho sudoroso. Aspiró su aroma y cerró los ojos.

Así era como quería terminar la aventura, sin lágrimas, sin drama. Así era como debía decir adiós.

Pero tenía que decirlo una vez más, aunque él se estuviera quedando dormido. Tenía que hacerlo en ese momento, porque ya no tendría otra oportunidad.

Isabella levantó la vista y le miró. Él tenía los ojos cerrados. Su rostro estaba completamente relajado.

–Te quiero –susurró–. Siempre te querré.

Horas más tarde, Isabella estaba en el balcón de Antonio, contemplando la ciudad de Roma. La suave brisa de noviembre era algo fría, pero ella seguía allí de pie. Estaba serena, pensativa, esperando a que Antonio terminara una llamada de teléfono y saliera del estudio. Sabía que era un hombre importante y ocupado, pero estaba impaciente por salir rumbo al aeropuerto.

Se miró la ropa que llevaba puesta. Ojalá hubiera tenido algo sofisticado y elegante que ponerse; algo glamuroso que no fuera unos vaqueros y una camiseta.

Se frotó el vientre de forma casi inconsciente. Estaba nerviosa, emocionada. Los cambios que sufría su cuerpo le recordaban que ya era hora de seguir adelante. Se había quedado más tiempo del necesario y no quería arruinar los recuerdos dulces que se llevaría consigo.

–Bella, te tienes que estar congelando –dijo Antonio, saliendo al balcón–. ¿Qué estás haciendo aquí fuera?

–Solo quería mirar una vez más –de repente sintió lágrimas en los ojos. Un nudo en la garganta apenas la dejaba hablar.

Bajó la cabeza y agarró la mochila. Se aseguró una vez más de tener el pasaporte, el billete y el dinero. Justo cuando iba a guardarlo todo, algo llamó su atención.

–¿Antonio? –al leer el impreso, frunció el ceño.

Se puso erguida y le miró a los ojos. Ese traje oscuro y la corbata le hacían tan varonil y poderoso...

–¿Es un billete de primera clase?

–Sí –dijo él al tiempo que le sujetaba un mechón de pelo detrás de la oreja.

Le rozó el cuello con los dedos y se detuvo ahí un instante.

Isabella dio un paso atrás.

–No tendrías que haberte molestado.

Él se encogió de hombros, la agarró de la mano y entrelazó sus dedos con los de ella.

–No querías aceptar mi avión privado –le recordó, acariciándola.

–No puedo aceptarlo, Antonio. Me va a llevar mucho tiempo pagarte este billete de avión.

–No tienes que pagármelo –él se llevó su mano a los labios y la besó en los nudillos.

Ella suspiró y apoyó la cabeza contra su hombro. La oferta era muy tentadora.

—Es demasiado caro.

Él le apretó la mano. Isabella le miró a los ojos. Era imposible saber qué estaba pensando.

—Entonces no lo uses.

Ella parpadeó y esbozó una sonrisa tímida.

—¿Y qué quieres que haga? ¿Me voy nadando a Los Ángeles?

—Podrías quedarte.

—¿Aquí? ¿Contigo?

—Sí —dijo él, mirándola un segundo—. Si es eso lo que quieres.

Isabella sintió que las lágrimas le quemaban los ojos.

—Quiero hacerlo, pero no puedo.

Antonio cerró los ojos.

—¿Por qué no?

Ella le acarició la mejilla.

—Es complicado.

Él puso su mano sobre la de ella, atrapándola. Le sostuvo la mirada.

—En realidad es muy sencillo. Yo quiero estar contigo. Tú quieres estar conmigo.

¿Era eso suficiente? La vez anterior no había sido así.

—La muerte de Giovanni aún es muy reciente. No deberías hacer cambios tan grandes.

—¿Crees que hago esto por pena? —los ojos de Antonio brillaron con rabia—. ¿Crees que porque ya no tengo a mi hermano me siento solo en el mundo?

—Bueno, sí. Es posible.

—No trato de llenar un vacío. En todo caso, me he dado cuenta de cómo quiero pasar el resto de mi vida. Quiero pasarla contigo.

Isabella se quedó de piedra. ¿Había oído bien?

–Pero ¿qué estás diciendo?

–Te quiero, Isabella –se volvió y le dio un beso en la palma de la mano–. Quiero estar contigo, siempre.

Isabella tomó el aliento a duras penas. Él la amaba.

Quería arrojarse a sus brazos, pero algo se lo impedía. Tenía miedo de confiar en sus palabras. Su idea del amor podía ser muy distinta...

–Esto va demasiado deprisa –apartó la mano y cerró los puños. El corazón se le salía del pecho–. Tengo... Tengo que pensar en esto.

Antonio se acercó. Había un brillo amenazador en sus ojos. Era evidente que no le gustaba la respuesta y que estaba decidido a hacerla rendirse.

–¿Qué hay que pensar? ¿Por qué tienes que pensar en ello en Los Ángeles en vez de aquí conmigo?

–Yo... Es que...

De repente alguien llamó a la puerta que daba al balcón. Isabella se giró. Era el ama de llaves.

–Siento interrumpir –dijo Martina, frotándose las manos en el delantal y evitando el contacto visual–. Su madre está aquí, señor.

Antonio cerró los ojos y respiró profundamente.

–¿Por qué ha venido tu madre? –le preguntó Isabella.

No podía imaginarse por qué querría verla Maria justo antes de salir hacia el aeropuerto. No habían vuelto a verse desde el día en que habían tomado el té.

–No lo sé –dijo él–. Vuelvo enseguida.

Isabella le vio marchar en silencio. La amaba. Quería que se quedara, pero... ¿sería su amante? ¿Su esposa?

¿Su novia? ¿Querría a su hijo? Trató de imaginárselo como padre. Sería cariñoso y dulce. No cometería los mismos errores que sus propios padres. De eso estaba segura. ¿Pero querría darle el mismo amor a ella?

Entró en el apartamento, pero no vio a nadie. Oyó voces provenientes del estudio. Vaciló un instante. Realmente no quería ver a Maria Rossi. La mujer la intimidaba mucho. Pero era la madre de Antonio y la abuela de su hijo. Apretó los dientes, echó atrás los hombros y se dirigió hacia el estudio.

–¿Por qué se va? –oyó preguntar a Maria en italiano–. Se suponía que ibas a convencerla para que se quedara.

–Todavía no se ha marchado –dijo Antonio–. Y siempre puede volver.

–Sí, sí, sí. Dice que vendrá a vernos de vez en cuando para que el niño conozca sus raíces y esté en contacto con su familia, pero no tenemos ninguna garantía de eso.

Isabella frunció el ceño. Dio un paso adelante y se detuvo en seco al oír las palabras de Maria.

–Se suponía que ibas a casarte con ella y a adoptar al bebé para que pudiéramos recuperar el control de las acciones. ¿Qué ha pasado?

Isabella sintió un sudor frío por la espalda. Antonio le había dicho que la quería, que quería cuidar del bebé... Todo era mentira.

–Me casaré con Isabella –le dijo Antonio a su madre.

–¿Y vas a adoptar al bebé? –preguntó Maria.

Isabella contuvo el aliento. Una punzada de dolor la recorrió por dentro. Se llevó la mano a la boca. ¿Cómo era posible que Antonio hubiera podido fraguar un plan tan maquiavélico? ¿Y cómo había mordido ella el anzuelo?

Se apoyó contra la pared. Las rodillas le temblaban. Si se hubiera casado con él, le hubieran robado a su hijo.

«Maldito bastardo sin corazón».

Sacó la barbilla y respiró profundamente. No iba a dejar que eso ocurriera. Por mucho poder que tuviera la familia Rossi, protegería a su hijo a toda costa.

Entró en el estudio, preparada para la batalla.

Capítulo 14

CUANDO Antonio vio entrar a Isabella, sintió una ola de pánico. Estaba pálida, rígida, pero los ojos la delataban. Parecía herida. Lo había oído todo.

Maria frunció el ceño. Se volvió hacia la puerta y puso su mejor sonrisa, como si no hubiera pasado nada.

–Isabella, quería verte antes de que te fueras a los Estados Unidos –le dijo en inglés–. Espero que vuelvas pronto.

–No tengo intención de volver –contestó Isabella en italiano–. No le voy a dar la oportunidad para que me robe a mi hijo.

Maria se puso roja como un tomate. Se volvió hacia su hijo.

–Me dijiste que no hablaba italiano.

–Yo no te he dicho nada de eso –dijo Antonio, mirando a Isabella en todo momento–. A lo mejor Gio te lo dio a entender, pero estaba equivocado.

–Isabella... –empezó a decir Maria, pero Isabella la fulminó con la mirada.

–Madre, creo que será mejor que se vaya. Bella y yo tenemos que hablar.

Maria titubeó un momento. Miró a Isabella y después le miró a él.

–No creo que sea una buena idea.

Antonio suspiró.

–Por favor.

Maria se encogió de hombros, derrotada. Tomó el bolso de mano del escritorio, se tocó el sombrero y se aseguró de tenerlo todo en su sitio. Se despidió con un frío gesto y salió del estudio.

Antonio le clavó la mirada durante unos segundos, pero no intercambiaron palabra alguna. En cuanto oyó salir a Maria del apartamento, Isabella dio un paso adelante.

–¿Ha habido algo verdadero en todo lo que hemos compartido? –su tono de voz estaba cargado de rabia–. ¿O fue todo una mentira?

Antonio vio el dolor que había en sus ojos. Quería estrecharla entre sus brazos, pero sabía que no podía.

–Todavía crees que te engañé, ¿no? Me dijiste que me creías para ganarte mi confianza.

–No. Te creo.

–No lo creo. Dirás cualquier cosa para conseguir lo que quieres. Incluso estarías dispuesto a casarte conmigo para recuperar el control de la fortuna de tu familia. Es más, serías capaz de decir que me quieres cuando en realidad no puedes ni verme.

–Eso no es cierto –dijo él, parándose frente a ella–. Sí que te quiero. No tienes por qué poner eso en tela de juicio. Te lo he demostrado cada día desde que volvimos a estar juntos.

–No. Me has demostrado que eres un actor excelente. Has fingido que cuidabas de mí cuando lo que realmente hacías era velar por tus propios intereses.

La mano le temblaba mientras le señalaba con un dedo acusador.

–Dijiste que querías dármelo todo, pero ibas a quitármelo todo en cuanto consiguieras lo que querías.

Antonio se echó hacia atrás como si le hubieran
dado un golpe. ¿Cómo podía decirle algo así? ¿Realmente tenía tan mala opinión de él?

–Yo nunca haría algo así, y lo sabes.

–Pensaba que te conocía, pero evidentemente me
equivoqué –sacudió la cabeza, molesta–. Me alegré
mucho cuando te abriste a mí por fin, pero eso era
parte del plan, ¿no? ¿Eran verdad todas esas historias?

–Claro que sí. Te dije cosas que nunca le había
contado a nadie.

Isabella ya no estaba escuchando.

–Pero el punto clave de tu plan era un golpe maes-
tro –le dijo, gesticulando–. Demostrarme que podías
ser un buen padre para mi hijo. Pero todo era una
farsa.

–No. No lo fue –le dijo él entre dientes.

–Incluso involucraste a tus amigos para poder demostrar lo bueno que eres con los niños.

–Eso no es cierto –dijo Antonio, insistiendo–. Yo
no fingí en ningún momento con mis amigos. Adoro
a esos chicos y tú no tienes derecho a cuestionarme.

Isabella sacó la barbilla.

–Y tú no tenías derecho a seducirme –le dijo ella.
Sus ojos relampagueaban, llenos de rabia–. Me hiciste
creer que querías una segunda oportunidad. Yo sabía
que querías controlar la herencia de mi hijo, pero no
pensé que querrías llevártelo a él también.

–Esa no era mi intención –dijo Antonio con frialdad–. Yo nunca te separaría de tu hijo.

–Oí lo que dijo tu madre.

–Sí. Fue mi madre quien lo dijo. No yo.

–¿Entonces cuál era tu plan? –le preguntó, apoyando las manos en las caderas–. Sé que tenías un plan. Lo pusiste en marcha cuando me encontraste en ese café. ¿Por qué viniste tú mismo a por mí cuando podías haber mandado a otra persona?

Antonio no podía negarlo. Ella le conocía bien... Hubiera querido mentirle, decirle que quería salvar lo que había entre ellos, pero no podía. Ya era hora de decir la verdad. Isabella merecía saber lo que era capaz de hacer.

–No sé por qué Gio te incluyó en el testamento. Pensé que quería recordarme que podía arrebatarme muchas cosas, a ti, la herencia... No iba a dejar que eso pasara, y me propuse recuperar el poder que él te había dado.

Ella se cruzó de brazos y le fulminó con la mirada.

–De eso ya me había dado cuenta. ¿Qué tenías pensado hacer?

Antonio bajó la mirada. Quizá fuera mejor no decírselo todo.

–Oh, Dios mío –susurró Isabella. Dejó caer las manos–. Ibas a seducirme para que renunciara a los derechos de mi hijo sobre la fortuna de los Rossi.

Isabella dio un paso atrás. De repente todas las piezas del puzle encajaban a la perfección. Se puso pálida.

–Giovanni me dijo que no me tocarías en cuanto averiguaras que estaba embarazada de él –dijo con un hilo de voz–. Yo pensaba que eso era verdad hasta que me besaste...

–Yo siempre te quise –confesó él–. Incluso cuando

pensaba que te estabas acostando con mi hermano. No puedo dejar de desearte.

El tono de voz le delataba. Amaba y odiaba al mismo tiempo ese poder que ella ejercía sobre él.

—Desde el principio me di cuenta de que no ibas a aceptar ningún acuerdo económico —añadió Antonio—. No me acosté contigo para recuperar el control de la fortuna de los Rossi. Te hice el amor porque quería estar contigo.

A pesar del dolor que la recorría por dentro, Isabella quería creerle desesperadamente, y eso la asustaba.

—Entonces... tuviste que pasar al plan B, ¿no? Tenías que casarte conmigo. Debió de ser muy difícil para ti. Antonio Rossi, comprometiéndose con alguien, alguien que no es nadie.

—Yo siempre he creído que eres alguien.

—No. Para ti solo era la mujer que lleva dentro al heredero de los Rossi. Esa fue la única razón por la que pensaste en casarte conmigo. Y desde luego no estabas pensando en eso cuando estuvimos juntos la primera vez.

Antonio se mesó el cabello.

—Admito que mis motivos para reanudar nuestra relación no eran del todo honestos, pero eso ha cambiado. Yo he cambiado.

Isabella soltó el aire con brusquedad.

—Qué conveniente todo.

Él la agarró de los brazos y la obligó a mirarle a la cara.

—Quiero tener un futuro contigo, Bella. Cuando volviste a entrar en mi vida supe que no podía dejarte marchar. No se trata del dinero, o del bebé. Se trata de nosotros.

Isabella levantó las manos lentamente y las apoyó sobre su sólido pectoral. Sintió el fuerte latido de su corazón. Antonio le estaba diciendo lo que necesitaba oír, nada más. ¿Cómo iba a creer que las mentiras se habían convertido en verdad?

Le apartó de un empujón. Él no tuvo más remedio que soltarla.

—Tienes que creerme —dijo—. No sé cómo demostrártelo. ¿Cómo voy a demostrarte lo mucho que te quiero?

—No puedes.

Isabella dio media vuelta y echó a andar hacia la puerta.

—No voy a dejar que salgas de mi vida de nuevo —le dijo en un tono que sonaba a advertencia.

—Sí que lo harás. La última vez me echaste de tu lado. Esta vez soy yo quien se va.

Le sintió ir tras ella. Agarró su mochila rápidamente, se la puso al hombro y llegó a la puerta en un tiempo récord.

—Tú formas parte de mi vida y yo de la tuya. No puedes dejarme así como así.

—Antonio, pronto no serás más que un recuerdo lejano. Historia, pasado —abrió la puerta—. Una historia que contarle a mi hija, una buena lección de vida.

—Olvidas algo.

La voz implacable de Antonio sonó muy cerca. Estaba justo detrás. Su aroma la rodeaba por completo.

—Compartimos el poder sobre el imperio de los Rossi. Eso significa que vamos a tener que trabajar juntos. Estaremos en contacto.

Isabella apretó el picaporte. Lo que acababa de decirle era cierto. Sería parte de su vida a partir de ese momento. Tendría que lidiar con él cada día.

–Te cederé los poderes ejecutivos, o como quiera que se llame. Puedes tomar todas las decisiones sin necesidad de discutirlas conmigo.

–No es así cómo funcionan las cosas. Y tampoco es lo que yo quiero –le puso las manos sobre los hombros y la obligó a darse la vuelta–. No puedes echarme de tu vida tan fácilmente.

–No quiero tener nada que ver contigo ni con los negocios de los Rossi.

–Qué pena. Voy a estar tu lado en todo momento, te guste o no. Ahora estás enfadada conmigo...

–¿Enfadada? ¿Qué tal si usas la palabra «furiosa»? ¿Iracunda?

–Pronto te darás cuenta de que todo lo que hemos compartido es auténtico. Sabrás que yo no estaba fingiendo y que mi compromiso contigo y con el niño es verdad.

–No puedo arriesgarme a creerte –dijo ella, pero entonces se dio cuenta de algo. Solo tenía una forma de proteger a su hijo.

La idea era una locura. Debía pensarlo mejor, pero era la única forma de sacar a Antonio Rossi de su vida para siempre.

–Renuncio a los derechos de mi hijo sobre la fortuna de los Rossi –dijo apresuradamente–. No quiero las acciones ni nada. Es todo tuyo.

Antonio abrió los ojos y le apretó los hombros.

–¿Estás loca? ¿De qué estás hablando?

Ella se apartó.

–Cuando vuelva a Los Ángeles, haré que un abogado prepare todos los papeles. Todo el dinero, todas las acciones, todo te pertenecerá.

–No puedes hacer esto.

–Sí que puedo –dijo ella en un tono desafiante. Cuanto más pensaba en ello, más convencida estaba de estar haciendo lo correcto.

–No puedes regalar una fortuna. ¿Y qué pasa con tu hijo? Esto es parte de él.

–No quiero que sepa nada de su familia ni de sus raíces. Tengo que protegerle para que no se convierta en alguien como Giovanni o como tú.

Los ojos de Antonio emitieron un destello.

–Bella, no voy a dejar que hagas esto. Estás cometiendo un gran error.

–¿Por qué insistes en pelear conmigo, Antonio? –le preguntó al tiempo que cruzaba el umbral–. Vas a conseguir todo lo que quieres sin tener que hacer ni el más mínimo esfuerzo.

–No consigo todo lo que quiero. Te quiero a ti.

–No te preocupes, Antonio –le dijo, alejándose–. Estoy segura de que se te pasará pronto.

Capítulo 15

Cuatro meses después

Isabella se agarró del pasamanos y se detuvo un instante. Le temblaba todo el cuerpo y sentía un sudor frío en la frente. Se había puesto a hacer demasiadas cosas porque estaba empeñada en recuperarse pronto de la cesárea. Les daban el alta dos horas más tarde y tenía que ser capaz de moverse.

Miró a su alrededor. Su habitación estaba al final del pasillo del enorme pabellón de maternidad. De repente se sintió tentada de pedir una silla de ruedas, pero cambió de parecer rápidamente. Ella no era de las que se rendían fácilmente. Se había convertido en toda una luchadora.

Nada más llegar a California había alquilado un pequeño apartamento y había encontrado un trabajo modesto en una galería de arte. La vida le iba más o menos bien y ya tenía unos cuantos amigos. Cada vez estaba más cerca de volver a la universidad para terminar la licenciatura en Historia del Arte.

Lo único que le quedaba por hacer era borrar a Antonio de su cabeza. Tenía que dejar de soñar con él porque esos sueños le recordaban lo que había perdido, lo que nunca volvería a tener.

Cuando entró en la habitación, soltó el aliento con

fuerza. Recorrer ese largo corredor era agotador. Lo que necesitaba era meterse en la cama y descansar.

Concentrada en la tarea de poner un pie delante del otro, no se dio cuenta de que tenía visita.

–Bella.

Solo una persona la llamaba así. Isabella levantó la vista. El movimiento fue tan drástico y brusco que casi estuvo a punto de caerse. Apoyó la palma de la mano sobre la pared. Antonio estaba junto a la ventana.

Parpadeó varias veces, pero la visión no desapareció. El traje hecho a medida, impecable e imponente, le hacía más intimidante que nunca. Tenía el rostro serio, el ceño fruncido.

–¿Qué estás haciendo aquí?... Tienes que irte –haciendo acopio de la poca fuerza que le quedaba, intentó llegar a la cama. Sentía que estaba a punto de desmayarse.

Antonio fue hacia ella al verla tambalearse.

–Déjame ayudarte –le dijo, poniéndole la mano en la espalda.

–Puedo hacerlo yo. Solo necesito practicar un poco.

Antonio bajó la mano, pero la acompañó hasta la cama. El paseo fue lento y doloroso. Se sintió tentado de tomarla en brazos en algún momento, pero sabía que no era buena idea.

Una vez se sentó en la cama, Isabella soltó el aliento, aliviada. Sin decir ni una palabra, Antonio la tapó con la manta y la arropó un poco.

Pero ella no quería su amabilidad.

–Dime por qué estás aquí –le dijo, apoyándose en la almohada.

–He visto a tu hija –dijo él–. Es preciosa.

¿Ya había visto a Chiara? Isabella se quedó inmóvil. La necesidad de protegerla la sacudió por dentro. No estaba preparada. No se le había ocurrido pensar que Antonio pudiera estar interesado.

–Se parece a su padre.

Él asintió.

–Sí. Se parece. Pero también se parece mucho a ti.

Isabella le miró a los ojos. No parecía haber ni rastro de resentimiento en su mirada.

–Antonio, de verdad que no estoy para visitas –le dijo, cerrando los ojos.

–Llevas cuatro meses así.

No iba a disculparse por eso. La primera vez que la había llamado había reconocido el número y no había contestado.

–He estado muy ocupada. Mi vida ha cambiado mucho últimamente.

–Traté de ponerme en contacto contigo.

–Sí, lo sé.

Había bloqueado todas sus llamadas y mensajes de texto. Los había borrado sin leerlos siquiera. Y había echado a la basura todos los ramos de flores que llegaban a su mesa en el trabajo. Cualquier cosa relacionada con la herencia de su hija era cosa del abogado que apenas podía permitirse.

–Todavía no tengo el dinero para pagarte el billete de avión –le dijo apresuradamente–. Tendremos que hacer un plan de pago a plazos. Me llevará un tiempo porque...

–No quiero tu dinero. Ese billete fue un regalo –le dijo él, interrumpiéndola–. Estoy aquí porque me enteré de que ya dabas a luz. Desafortunadamente no llegué a tiempo. Si hubiera llegado antes, te hubiera buscado un lugar mejor donde quedarte.

Ella abrió los ojos y miró a su alrededor. La habitación del hospital estaba limpia, era sencilla y muy acogedora, mucho mejor de lo que había esperado. ¿Qué más podía pedir?

—Esta está muy bien. No voy a pasar aquí mucho tiempo. Me mandan a casa dentro de dos horas.

Antonio abrió los ojos como platos.

—Eso no puede ser. Apenas puedes andar. Hablaré con los médicos inmediatamente.

—Espera un momento –al darse cuenta de lo que había oído un momento antes, levantó una mano–. ¿Cómo sabías que estaba de parto? ¿Me has estado vigilando?

—Claro. Estaba preocupado por ti. Recuerdo esa habitación donde vivías, encima de la cafetería, cuando te encontré. No quería que volviera a ocurrir.

—No me gusta que me vigilen ni que me sigan –le dijo ella–. Sé cuidar de mí misma. No necesito tu ayuda.

—¿Entonces por qué me pusiste como persona de contacto en los papeles? ¿Por qué me hiciste tutor de Chiara si algo llegaba a pasarte?

Isabella se encogió. Le había costado mucho tomar esa decisión.

—¿Cómo sabes eso?

—Lo sé –dijo él en un tono triunfal–. En el fondo sabes que yo cuidaría de ti y del bebé. Sabes que trataría a tu hija como si fuera mía.

Isabella sintió un vapor repentino en las mejillas.

—No deberías sacar tantas conclusiones de esa decisión. Tuve que dar un nombre. Eso es todo.

—Y escogiste el mío. Porque sabes que quiero estar aquí, que quiero ayudar.

—No. No quieres ayudar, no a menos que saques

algo a cambio. No sé muy bien cuál es tu objetivo final, pero sé que tienes uno.

Antonio suspiró.

—Eso lo lamento mucho. Por aquel entonces hice promesas que no tenía pensado cumplir.

—Justo lo que esperaba.

Él se mesó el cabello.

—Pero eso cambió en cuanto volvimos a estar juntos. Empecé a pensar que esta era nuestra segunda oportunidad. No estaba pensando en recuperar el control. Más bien estaba pensando en cómo recuperar lo que habíamos tenido.

—¿Y cuándo tuvo lugar ese cambio? —le preguntó Isabella, llena de escepticismo.

—Cuando me diste la foto de la ecografía —su voz se apagó un poco. Le ahogaba la emoción—. La miré y no vi que ese bebé fuera a ser un obstáculo o un signo de traición. Ese niño inocente y pequeñito era parte de ti. Y en ese momento supe que quería hacer el viaje contigo.

Isabella le miró fijamente. Parecía haber sinceridad en su voz.

Quería creerle, pero... ¿y si era otra estratagema? ¿Cómo iba a confiar en su propio instinto si le había fallado en el pasado?

Antonio se aclaró la garganta y se frotó la base de la nuca.

—En cuanto supe dónde estabas traté de comunicarme contigo. Quería hablar contigo.

—Fuiste muy persistente.

Antonio puso su mano sobre la de ella.

—Sé cómo te sentiste cuando te eché de mi lado. Estaba desesperado, fuera de control. Por mucho que lo intentara, tú no querías hablar conmigo.

–Y sigo sin querer hablar contigo –le dijo y retiró la mano.

–Lo entiendo, pero yo debería haber estado aquí. No deberías haber pasado por todo esto sola.

–No estaba sola. Tengo amigos.

–Sí. Lo sé –dijo él, esbozando una media sonrisa–. Ya he visto que no te han dejado sola ni un momento. Mi equipo de seguridad podría aprender unas cuantas lecciones.

–Teniendo en cuenta nuestro historial, es mejor que no acepte tu ayuda.

–No. No es mejor –Antonio se inclinó sobre ella y apoyó los brazos sobre las barras de la cama–. Si no me quieres a tu lado, te ayudaré desde lejos. Haré todo lo que pueda para ayudarte a terminar tu carrera. Te apoyaré en todo para que puedas conseguir tus sueños y metas. No te pido permiso, Bella. Voy a hacer esto porque quiero.

Isabella sofocó la llama de esperanza que surgía en su interior.

–¿Y Chiara?

–Quiero que volváis a Roma conmigo.

–¿Y por qué querrías algo así?

–Para que podamos ser una familia –Antonio se acercó más–. Estos meses han sido un infierno. Saber que te había perdido de nuevo...

Familia. Ahí estaba esa palabra de nuevo. Era como si él conociera su debilidad y supiera leer sus más profundos deseos.

–No puedes entrar aquí así como así y esperar que cambie mi vida del todo para que podamos tener otra aventura. Mi situación ha cambiado. Tengo una hija en la que pensar.

–He dicho «familia» –Antonio le sostuvo la mirada–. Quiero que nos casemos.

–No tienes que casarte conmigo –dijo Isabella. Su corazón empezó a retumbar–. Te he ofrecido todo el control sobre las acciones de la empresa.

–Te quiero.

Isabella guardó silencio.

–Y sé que tú me quieres a mí.

–Yo... Yo... –no podía negarlo. Amaba a Antonio y quería estar con él, pero el amor no era suficiente.

–Cásate conmigo, Bella –apoyó la frente contra la de ella–. Quiero estar contigo y con Chiara. Siempre.

Ella soltó el aliento lentamente y apartó la mirada. Tenía que haber otra razón, un motivo oculto... ¿Por qué iba a quererla como esposa si no cumplía con ninguno de sus requisitos?

–No –susurró ella.

Antonio se quedó inmóvil.

–¿Qué?

–Lo siento, Antonio. No puedo casarme contigo.

Antonio retrocedió. Isabella acababa de decirle que no. La palabra le cortó por dentro como el filo de un cuchillo. Se aferró al borde de la cama. Un dolor agudo lo recorría de arriba abajo. ¿Había arruinado sin remedio aquello que habían compartido en el pasado?

No podía aceptarlo. Su vida no valía nada sin ella. La necesitaba. No quería pasar ni un solo día más sin ella. Bajó la cabeza, lleno de arrepentimiento. Se había quedado en Roma para arreglar el desastre financiero que había dejado su hermano. No solo había acumulado deudas, sino que también había puesto en peligro la fortuna de los Rossi. Si él no hubiera intervenido, a Chiara no le hubiera quedado nada que heredar.

Un pensamiento horrible cruzó su mente de repente.

–¿Quieres estar conmigo? –le preguntó.

–Sí –dijo ella, enjugándose las lágrimas–. Pero no es posible.

–Claro que lo es –dijo él, sintiendo un alivio inmediato–. Los dos estamos libres de compromisos. Podemos casarnos. No quiero a nadie más. Sé que no has salido con nadie desde que estuviste conmigo. No hay nada que nos impida estar juntos.

–No puedo confiar en ti. Dices todo lo que yo quiero oír, pero eso ya lo hacías antes y era todo mentira.

Él dio un paso atrás.

–No todo era mentira.

–Mostraste interés y preocupación porque querías recuperar el control del dinero. ¿Qué quieres de mí ahora?

–No estaba fingiendo.

–Pero ¿por qué sigues por aquí? –le preguntó ella–. Yo traté de cederte mi parte de la fortuna, pero tú no quisiste firmar los papeles. Tómalo todo y ya está. Tendrías el control total del imperio y todos estaríamos contentos.

–No lo quiero así. Te quiero a ti y al bebé.

–Eso no tiene sentido. Yo no sería una buena esposa para ti. No soy mujer de alcurnia, no tengo el derecho a...

–Eres buena para mí –dijo él, insistiendo–. Eres generosa, cariñosa. Eres aventurera, valiente. Proteges y cuidas a las personas que te importan. Amas con pasión y eres muy leal.

–Eso no tiene nada de especial.

–No tienes ni idea de lo poco frecuente que es –le dijo él. Cruzó los brazos y empezó a andar por la habitación–. Sé cómo es crecer en una familia y sentirse como un extraño. No voy a dejar que eso le pase a Chiara. Ella no tendrá que ganarse mi amor y mi afecto. Ya lo tiene.

–¿Y cómo puede tenerlo? –le preguntó ella, enfadada–. ¿Crees que te fui infiel cuando me quedé embarazada de ella?

–Al principio sí. No puedo negarlo –Antonio se frotó la cara con ambas manos–. Esa idea casi me destruyó. Entonces pensaba que me habías engañado. Pero me da igual que sea la hija de Giovanni. Ni siquiera me importa que sea una Rossi o no. Es tu hija y quiero criarla contigo.

–Eso no cambia nada –dijo ella lentamente, como si aquello la hubiera tomado por sorpresa–. No me casaré contigo.

–No voy a dejar de pedírtelo –dijo él, volviendo junto a la cama. No podía ocultar su frustración–. Estoy unido a ti, estemos casados o no.

–¿Y si sigo negándome?

–Eso no va a cambiar lo que siento. Tú te alejaste de mí, pero yo mantuve mi compromiso. Me aseguraré de que el bebé y tú estéis bien. Cuidaré de vosotras aunque no estemos casados. Nunca lo dudes... Te pido que confíes en mí –añadió, tomándole la mano–. Te lo demostraré, Bella. Una vez me lo diste todo para que lo nuestro funcionara y yo tengo el mismo compromiso contigo y con Chiara.

–Eso lo dices ahora...

–Te lo demostraré todos los días –le juró–. Y empiezo hoy. Te llevaré a mi hotel y cuidaré de ti y del bebé.

Isabella apretó los labios y pensó en ello un momento.

–No estoy segura de esto –dijo, nerviosa.

Antonio sonrió. No era un «sí», pero tampoco era un «no» rotundo.

–Pero no voy a casarme contigo.

–Lo harás –dijo él, llevándose su mano a los labios–. Cuando confíes en mí. Lo harás.

Epílogo

ISABELLA se despertó y buscó a Antonio de forma instintiva. Sus dedos dieron con la sábana, arrugada, todavía caliente. Frunció el ceño y abrió los ojos lentamente. Se miró la mano. Los diamantes del anillo de boda capturaban la luz tenue y emitían un dulce resplandor que iluminaba la habitación en penumbra.

Se apoyó sobre el codo y miró el reloj que estaba sobre la mesita de noche. Eran las tres de la mañana. Miró a su alrededor. Las cortinas seguían recogidas y el horizonte de Roma brillaba en la distancia.

–¿Antonio?

Se levantó de la cama al no recibir respuesta. Agarró el camisón de seda que estaba en el suelo, se lo puso rápidamente y salió del dormitorio de puntillas. Al cruzar el umbral se detuvo. Oía un leve murmullo.

Era la voz de Antonio. El sonido provenía de la habitación de la niña.

Isabella fue hacia la puerta del dormitorio del bebé y miró. Antonio, en pijama, tenía a la niña en los brazos.

–Chiara, escucha a tu papá –le decía a la pequeña–. Teníamos un acuerdo. Tienes que dormirte cuando sale la luna.

Isabella se apoyó contra el marco de la puerta. Reprimió una sonrisa.

¿Tenían un acuerdo? ¿Con qué frecuencia tenían esas conversaciones nocturnas?

–Un Rossi siempre cumple su palabra –añadió Antonio, acariciando la espalda de la niña.

Chiara suspiró y su diminuto cuerpecito se relajó contra el pecho de Antonio.

–Recuerda –dijo Antonio, poniéndola en la cuna–. Durante el día, tu mamá es toda para ti mientras yo estoy en el trabajo, y por la noche se queda conmigo.

–¿Se te ha ocurrido pensar... –susurró Isabella, entrando en la habitación– que Chiara se despierta en mitad de la noche para que te quedes con ella y con nadie más?

–Bueno, en ese caso, es una chica lista –le dijo Antonio, tapando a la niña con una manta.

Se volvió hacia ella. Al verla frunció el ceño.

–Ese camisón me suena de algo. ¿No te lo quité esta misma noche?

–Así es –dijo Isabella con una sonrisa juguetona en los labios–. Pensé que debía ponerme algo especial para nuestra noche de bodas, pero tú me lo quitaste enseguida.

–¿Y ahora te lo vuelves a poner? Mereces un castigo por ello.

–Bueno, primero tienes que atraparme –echó a correr y consiguió llegar hasta el pasillo antes de sentir el brazo de Antonio alrededor de la cintura.

Conteniendo un grito, se apoyó contra su pecho duro y plano.

–Te pillé –le susurró él al oído, bajándole los tirantes del camisón–. Y no te voy a soltar.

El camisón se le escurrió por las caderas y cayó al suelo. Ella se volvió hacia él y le rodeó el cuello con los brazos. Le rozaba el pecho con los pezones.

—Yo tampoco te voy a soltar. Puedes estar seguro de ello.

Lo que tocaba lo convertía en oro...

Drake Ashton sobrevivió a una infancia carente de cariño y de cualquier privilegio para terminar convirtiéndose en un arquitecto famoso en el mundo entero. Con una casa en Mayfair y dinero más que suficiente para comprar todo lo que pudiera desear, había conseguido dejar atrás su pasado. Hasta que tuvo que regresar a la localidad en la que nació...

Layla Jerome se había visto atrapada antes por el lado más oscuro de la riqueza, por lo que un hombre con dinero no bastaba para impresionarla. Por lo tanto, cuando Drake se presentó en su pequeña ciudad como la personificación misma del rey Midas, se mostró decidida a no dejarse seducir.

Marcado por su pasado

Maggie Cox

Deseo

Un baile con el jeque
TESSA RADLEY

Una escapada inesperada y llena de pasión a Las Vegas con
un jeque era algo impensable
para la sensata Laurel Kincaid.
Siempre había hecho lo que se
esperaba de ella y eso le había
generado un estrés tremendo.
Por eso decidió ceder a la tentación y marcharse a Las Vegas
con el atractivo Rakin Whitcomb
Abdellah.

Rakin era tan irresistible que
cuando le pidió que se casara
con él para poder recibir su herencia, le dijo que sí. Lo que ninguno de los dos esperaba era

que ser marido y mujer fuese tan excitante, y de pronto
las reglas de ese matrimonio de conveniencia empezaron a parecerles un estorbo.

Nunca una escapada
tuvo tales consecuencias

¡YA EN TU PUNTO DE VENTA!

El príncipe Rakhal Alzirz tenía tiempo para una nueva aventura en Londres antes de regresar a su reino del desierto y Natasha Winters había llamado su atención... Decidió aprovechar la oportunidad para descubrir si Natasha era tan salvaje en la cama como dejaba intuir el desafiante brillo de sus hipnóticos ojos. Sin embargo, su descuido podría tener consecuencias. Natasha podría haber quedado embarazada del heredero de Alzirz. Rakhal se la llevó a su reino del desierto para esperar a que se revelara la verdad. Si estaba embarazada, tendrían que casarse. Si no, tal vez podría hacerle sitio en su harén...

HARLEQUIN *Bianca.* especial JEQUES

Carol Marinelli
La joya de su harén

La joya de su haré

Carol Marinel